GAGNEZ PLUS,
C'EST MAINTENANT !

Pierre Gattaz

Gagnez plus, c'est maintenant !

Votre travail mérite d'être bien payé

Fayard

Couverture : Le petit atelier

ISBN : 978-2-213-73356-2

Dépôt légal : août 2025

Vers une nouvelle prospérité pour tous

Nous avons écrit le livre que vous tenez dans vos mains avec la volonté de sortir du « cercle de la raison ». Ce cadre qui empêche de penser et de proposer autre chose que ce qui a déjà été fait et, généralement, a échoué.

Dans ce livre, nous vous disons la vérité sur la situation économique de la France et des Français. Une situation que tout le monde peut comprendre. Ensuite, nous proposons des solutions. Certaines sont connues, d'autres sont innovantes.

Nous sommes quatre entrepreneurs, Maxime Aiach, Xavier Fontanet, Michel de Rosen et moi, Pierre Gattaz. Nos entreprises sont actives dans l'industrie et les services. Elles ont créé des milliers, voire même des dizaines de milliers d'emplois. Chaque fois, nous nous sommes battus pour maintenir notre présence et nos emplois dans l'Hexagone. Nous avons aussi une grande expérience des pays étrangers où se trouvent à la fois des concurrents, des fournisseurs et des opportunités d'activités.

Nous sommes Français et nous en sommes fiers. Nous avons des familles, des enfants et des petits-enfants. Nous partageons une sensibilité sociale et humaine. Nous aimons la France et nous n'arrivons pas à nous satisfaire de la situation dans laquelle elle se trouve. La pauvreté nous bouleverse, le chômage nous désole.

Pourquoi écrivons-nous ce livre ?

Parce que la France va mal et qu'elle peut aller mieux. Parce que la vie de beaucoup de Français est trop dure et qu'elle peut être améliorée. Parce qu'il y a trop d'écart entre ce que les responsables politiques de droite comme de gauche disent en privé et ce qu'ils disent en public. Comme si la vérité, les vérités, ne pouvaient être dites.

Parce que nous voulons lutter contre le découragement et le pessimisme qui se propagent dans notre pays. Parce que des progrès sont possibles. Des progrès pour le pays qui deviendrait plus fort et plus respecté. Progrès pour l'État, qui serait plus solide. Progrès pour les Français et les Françaises, dont le pouvoir d'achat serait amélioré.

Oui, la France va mal. Et elle va plus mal qu'hier. Comparons la France d'aujourd'hui à celle d'hier. Remontons en 1974, il y a un demi-siècle. À l'époque, la croissance de l'économie française était l'une des premières du monde occidental. Aujourd'hui, notre croissance est plus faible que celle de la plupart de nos concurrents européens.

À l'époque, le pouvoir d'achat croissait rapidement. Aujourd'hui, il avance comme un escargot. À l'époque, les finances de l'État, ce qu'on appelle les finances publiques, étaient en ordre. Aujourd'hui, le déficit et la dette atteignent des niveaux records. Le chômage était très faible. Aujourd'hui, il est trop élevé, tout particulièrement chez les jeunes et les seniors. À l'époque, la vie était relativement simple. Aujourd'hui, la complexité triomphe, tant le nombre de règles et de normes a augmenté. À l'époque, la parole de la France était écoutée. Elle comptait dans le monde, en Europe et sur les autres continents. Aujourd'hui, l'affaiblissement de la France inquiète ses amis et fait sourire les autres. La France, hier leader, est en train de devenir l'homme malade de l'Europe.

Il est vrai qu'en France on pratique volontiers tantôt l'autoflagellation, tantôt l'autosatisfaction, selon qu'on est aux affaires ou pas. Avez-vous remarqué ? Quand les responsables politiques sont dans l'opposition, ils disent que le ciel est gris et que tout va mal, mais quand ils sont au gouvernement, ils disent que le ciel est bleu et que tout va bien.

La vérité de 2025 est que, même si la France va mal, tout ne va pas mal. Soulignons notamment que le chômage a baissé depuis 2016. Notons aussi que les investissements étrangers en France se sont développés depuis cette date : la France est devenue plus attractive pour les investisseurs étrangers. Ces progrès sont précieux. Mais ils ne sont que des rayons de lumière dans un tableau sombre. Ils aident pourtant à nous convaincre que le sursaut de la France est possible.

Alors, que faire ? Comment redresser notre économie et faire progresser le social ? Comment faire que la France aille mieux et que la vie des Français progresse ? et, surtout, que le pouvoir d'achat des Français s'améliore, ce qui est le premier but de ce livre ?

Le choix est clair. Cinq routes s'ouvrent devant nous, comme les doigts d'une main.

La première route est celle de la politique de l'autruche. Mettre la tête dans le sable et prier pour que les choses s'arrangent par l'opération du Saint-Esprit. Évidemment, cette voie est celle de l'irresponsabilité. Elle aboutirait à la baisse du pouvoir d'achat.

La deuxième route est celle de la continuité, qui est à peu près du même acabit. Continuer comme hier et comme maintenant. Qui peut croire que ce soit une bonne solution ? Comment ne pas reconnaître que nous sommes dans une impasse et qu'il faut faire autrement ? Elle aboutirait aussi à la baisse du pouvoir d'achat.

La troisième route est celle du pire. Oui, hélas, il y a, aujourd'hui en France, des responsables politiques français, de droite et de gauche, qui pensent et disent en privé qu'il faut laisser la situation du pays empirer pour qu'une crise éclate. Celle-ci amènerait alors les institutions financières internationales – comme le Fonds monétaire international, la Commission européenne et la Banque centrale européenne – à intervenir en France et, en échange de leurs aides, à obliger notre pays à des efforts et sacrifices importants. Comment pourrions-nous nous résoudre à une telle politique du pire ? Ce serait lamentable et indigne. Elle aboutirait à l'effondrement du pouvoir d'achat.

La quatrième route est celle d'un recours accru à l'État. Il s'agirait de demander à l'État d'intervenir davantage. Dans l'économie et le social. Pour dire les choses simplement : plus de dépenses publiques pour soutenir les entreprises et le pouvoir d'achat des Français, et plus d'impôts pour financer ces politiques nouvelles. Cette orientation peut apparaître comme tentante, dans un pays comme le nôtre, où le recours à l'État est une tradition très ancienne.

Notre conviction est pourtant qu'emprunter une telle voie serait une erreur funeste, qui affaiblirait la France et son économie et ferait souffrir le pouvoir d'achat des Français. Nous sommes déjà le pays européen où la sphère publique est la plus développée.

En 1789, la monarchie, l'aristocratie et le clergé écrasaient le tiers état, c'est-à-dire le peuple et l'économie. Aujourd'hui, c'est au tour de l'État et des fonctionnaires d'incarner, comme sous l'Ancien Régime, un nouvel ordre « privilégié » qui écrase l'économie et la société.

Or, il ne faut pas plus d'État, mais moins d'État pour libérer l'économie, la société et les Français. Comme les voies précédentes, celle-ci aboutirait encore à la baisse du pouvoir d'achat.

Voici donc la cinquième voie, celle en laquelle nous croyons. Depuis 1945, la France a vécu en s'inscrivant dans une certaine logique, inspirée notamment par le Conseil national de la Résistance. À l'époque, l'économie française était repliée sur elle-même, protégée par ses frontières et ses droits de douane. Entre-temps, la France s'est ouverte au monde extérieur, à la fois au sein de l'Europe et même vers ce que le général de Gaulle appelait le « grand large ».

Dans ce monde, celui de la mondialisation, la compétition entre les pays, entre les économies, entre les entreprises, est permanente. Pour créer des emplois et du pouvoir d'achat, il faut travailler dur, innover sans cesse et apporter aux consommateurs français et étrangers les produits et services qui correspondent à leurs besoins et à leurs vœux. En un mot, il faut être productif, créatif et compétitif pour augmenter durablement et sûrement le pouvoir d'achat des Français. Il n'y a pas d'autres méthodes connues dans le monde.

En 1995, la production industrielle de la Chine représentait 5 % de la production industrielle mondiale. Aujourd'hui, sa part est de plus de 35 %. Sans sursaut des autres pays, la Chine produira bientôt la moitié de ce que produira le monde entier. C'est dire la dureté du combat économique dans lequel tous les pays sont plongés. Dans ce combat, il y aura des perdants et des gagnants. Nous voulons que la France – et les Français – soit l'un des gagnants.

Quatre-vingts ans après la mise en œuvre du programme du Conseil national de la Résistance – qui a aidé la France à se reconstruire et à se développer –, il est temps de passer à une nouvelle étape de l'histoire de notre nation. Étape dans laquelle nous comptons moins sur l'État et plus sur nous-mêmes, les Français. Si nous nous y mettons tous, nous pouvons réussir. À la fois à redresser la France et à améliorer la situation des Français, en commençant par leur pouvoir d'achat.

Dans les pages qui suivent, nous faisons d'abord un constat de la situation actuelle de notre pays et de notre économie. Puis, nous proposons des recommandations : un programme de redressement et de réformes. Pour être plus attractif, permettre de créer plus de richesses, plus de croissance ; de désendetter l'État ; et de financer les politiques indispensables à notre pays, dans les domaines de la lutte contre le réchauffement climatique et de la défense nationale. Ces mesures sont les bornes des chemins qui nous mèneront, comme d'autres pays les ont empruntés avant nous avec succès, vers une nouvelle prospérité pour tous.

Chapitre 1

Le *burn out* économique français

Le travail ne paie pas assez

Aujourd'hui en France, pour beaucoup de Français, travailler ne suffit plus à pouvoir vivre. À joindre les deux bouts. Pour ces Français, un salaire est insuffisant. Deux salaires permettent tout juste de faire face au coût élevé de la vie.

Pour eux, le travail ne permet pas de payer tout ce qu'il faut pour vivre : son loyer, ses factures d'eau, d'électricité, de téléphone, ses soins médicaux et ses aliments. D'élever dignement ses enfants. D'aider ses parents à la retraite. Ils sont vulnérables au moindre incident; la maladie, une panne d'auto imprévue et exorbitante. Il faut compter chaque euro dépensé. Sans oublier l'inflation qui réduit le pouvoir d'achat, mois après mois, année après année.

Cette situation touche notamment les jeunes vivant en milieu urbain, avec des difficultés d'insertion sur le marché du travail. Elle concerne aussi les familles monoparentales, majoritairement composées de femmes élevant seules leurs enfants. Sans compter un grand nombre d'agriculteurs, les travailleurs précaires et les immigrants.

Le SMIC est une des raisons de cette situation

Le salaire minimum – SMIC – a été créé pour améliorer le pouvoir d'achat des salariés les moins bien payés, avec l'intention de réduire la pauvreté parmi les salariés. Pour atteindre cet objectif, le montant du SMIC est régulièrement augmenté pour compenser l'inflation. Mais cette augmentation est insuffisante pour le salarié, quoiqu'elle soit très coûteuse pour l'employeur.

Par exemple, si un patron veut donner 100 euros de plus en net à un salarié au SMIC, cela lui coûte environ 442 euros si le salarié est célibataire, sans enfants et locataire. Et même jusqu'à 700 euros si c'est un parent seul avec deux enfants, également locataire. Comment expliquer un tel surcoût du travail ? Cela s'explique par la combinaison des charges sociales, des impôts et surtout des aides sociales qui diminuent lorsque le salaire augmente.

Plus un salarié perçoit de revenus, moins il a droit à certaines aides (comme la prime d'activité), ce qui réduit l'effet réel de l'augmentation. Résultat : pour donner 100 euros nets, l'employeur doit compenser toutes ces « pertes », ce qui alourdit considérablement le coût final.

En effet, tout est parti d'une bonne intention : pour encourager l'embauche, le SMIC permet à l'employeur de ne pas payer certaines charges. Mais dès que le salarié gagne plus que le SMIC – boum ! – ces charges reviennent à plein. Augmenter le salarié devient donc très coûteux pour les employeurs. De ce fait, il y a une incitation à ne pas augmenter le salaire de ceux qui gagnent le SMIC. Ce dernier a ainsi créé un piège pour les bas salaires appelé la « smicardisation ».

Deuxième raison : la rigidité des contrats de travail décourage les embauches

Le contrat à durée indéterminée (CDI) est souvent perçu comme une « forteresse » sur le marché du travail. Ce statut offre une grande sécurité aux salariés, mais il impose aussi de nombreuses contraintes aux employeurs. La nécessité de justifier un licenciement par une cause réelle et sérieuse, le respect de procédures légales complexes et le risque de litiges devant les prud'hommes rendent la rupture d'un CDI coûteuse, longue et difficile.

Cette rigidité incite les entreprises à éviter ce type de contrat, notamment dans les secteurs où l'activité est incertaine ou saisonnière. Voilà pourquoi le CDI représente en France moins de 10 % des contrats de travail.

A contrario, les contrats à durée déterminée (CDD) offrent une flexibilité maximale : ils se terminent automatiquement à la date fixée, sans nécessité de justification ; ils permettent de toucher certaines aides et d'être exonéré de charges. Quant aux indemnités de fin de contrat, elles sont limitées à une prime de précarité de 10 %.

Résultat, les CDD très courts sont devenus un pilier du marché du travail en France. Mais aussi un facteur de précarisation croissante pour de nombreux travailleurs. En particulier, les secteurs des services et des plateformes numériques, comme la livraison ou l'aide à domicile, fonctionnent le plus souvent sur des missions ponctuelles et courtes. Ils ont ainsi fait exploser le nombre de CDD de très courte durée.

Troisième raison qui explique que le travail ne paie pas assez : l'effet de seuil

Les entreprises de services à la personne sont confrontées à ce phénomène d'effet de seuil où les salariés ne sont pas motivés à travailler plus de 15 heures par semaine. Pourquoi ?

Si un salarié effectue environ 15 heures de travail par semaine, pour un revenu mensuel approximatif de 1 100 €, il commence à perdre progressivement, s'il travaille plus de 15 heures, l'accès à des aides essentielles telles que le revenu de solidarité active (RSA), la prime d'activité et les aides au logement. Les gains qu'il obtient par son surcroît de travail sont annulés par la perte des aides correspondantes. L'effet de seuil est ici une machine infernale qui dissuade de travailler plus.

Par ailleurs, on peut aussi en arriver à la situation où un emploi rémunéré au SMIC, auquel il faut ajouter les contraintes et les frais liés à l'emploi (transport, garde d'enfants, etc.), peut rapporter moins qu'un cumul de prestations. Résultat : certaines personnes ne sont pas incitées à reprendre un travail, surtout si celui-ci est précaire, faiblement payé ou à temps partiel, ou à augmenter son temps de travail.

Le travail au noir se développe

Le travail au noir est souvent perçu comme une solution temporaire pour contourner les contraintes administratives ou fiscales. En ville ou à la campagne, la possibilité de vivre avec des « petits boulots » payés au noir est tentante et fréquente. S'ajoute l'impact des aides comme le RSA, celles fournies par les collectivités locales (départements ou régions) et celles distribuées par les associations (paniers-repas, vêtements, etc.). Dire cela n'est pas stigmatiser qui que ce soit. C'est ce que nous constatons dans le monde réel d'aujourd'hui.

Le travail non déclaré représente un véritable cancer pour l'économie, les entreprises, l'État, et les salariés. Ce phénomène souterrain, qui échappe aux règles officielles, engendre des pertes massives de revenus sociaux et fiscaux, fragilise les droits des travailleurs, et fausse la concurrence entre entreprises.

En France, il représente au moins une dizaine de milliards d'euros de pertes annuelles pour les comptes publics[1].

---

1. Le Haut Conseil du financement de la protection sociale estime le manque à gagner pour les finances publiques dû au travail au noir à environ 10 milliards d'euros en 2022. D'autres sources, comme la fondation iFRAP, évaluent la valeur ajoutée non déclarée à environ 60 milliards d'euros en 2019.

Il est possible de faire reculer la pauvreté

Pouvoir d'achat en berne, chômage, injustice, déclassement, les Français ont des raisons de broyer du noir. Et pourtant, la France consacre un tiers de son PIB à la protection sociale[1] : c'est le niveau le plus élevé au monde.

Mais au-delà de ce constat, derrière chaque pourcentage et chaque statistique, il y a des individus et des familles qui luttent. La pauvreté ne se mesure pas uniquement en chiffres ; elle représente également une atteinte à la dignité humaine et un obstacle aux perspectives d'un avenir meilleur.

Nous, chefs d'entreprise, défendons l'idée qu'avoir un métier est un pas vers la restauration de l'espoir et de la dignité. L'entreprise est, à nos yeux, un puissant vecteur de développement personnel et collectif. Une communauté de personnes engagées dans un projet collectif, où chacun peut trouver un

---

1. Parmi les principales prestations sociales figurent : les minima sociaux, le revenu de solidarité active (RSA), l'allocation aux adultes handicapés (AAH), l'allocation de solidarité aux personnes âgées (ASPA) ; les aides familiales, les allocations familiales, versées en fonction du nombre d'enfants, la prestation d'accueil du jeune enfant (PAJE) ; les aides au logement, l'aide personnalisée au logement (APL), l'allocation de logement familiale (ALF) et l'allocation de logement sociale (ALS) pour réduire le coût du logement.

moyen de s'épanouir et contribuer à un but plus grand que lui-même. L'emploi n'est pas juste un poste de travail ; c'est une mission qui confère un sens à la vie des individus, les aidant à réaliser leur potentiel tout en contribuant à la société.

À ce titre, chaque employeur a la responsabilité non seulement de fournir un revenu, mais aussi de développer un environnement où les salariés peuvent apprendre et grandir. S'il lui est impossible d'assurer l'emploi à vie à ses salariés, il a le devoir de leur assurer une employabilité par la formation permanente ou la polyvalence des tâches.

L'entreprise joue ainsi un rôle majeur dans la lutte contre la pauvreté et l'exclusion sociale. Elle crée des opportunités pour tous y compris les plus vulnérables. En offrant des emplois dignes et justement rémunérés, ainsi que la participation à un projet d'entreprise, elle peut contribuer puissamment à briser le cycle de la pauvreté et favoriser une société plus équitable.

Aussi, la liberté d'entreprendre est fondamentale. Elle doit être encouragée. Parce qu'elle stimule la croissance économique, elle crée des emplois et du pouvoir d'achat pour tous les Français.

Cette liberté, combinée avec la responsabilité sociale des entreprises, forge une société où chacun a la possibilité de réussir et où chacun a un avenir.

La France, homme malade de l'Europe

Malheureusement, aujourd'hui, la France ne parvient plus à offrir aux Français une perspective de croissance de leur pouvoir d'achat. Elle ne parvient pas à réunir les moyens de financer les grandes priorités d'avenir. Elle semble avoir perdu le contrôle de son destin et apparaît ainsi comme l'homme malade de l'Europe. Les Français le ressentent et s'en inquiètent, ou même s'en désespèrent.

Les responsables politiques de tous bords, encouragés par une majorité d'économistes, pensent encore que l'État est le meilleur stimulant de l'économie et peut assurer une meilleure répartition de la richesse créée. Or, sur cinquante ans, les faits montrent qu'il n'en est rien[1] ! La croissance est, dans les faits, beaucoup plus faible que celle qui est annoncée. Et ce sont les moins favorisés qui souffrent.

Depuis un demi-siècle, avec le premier puis le second choc pétrolier, l'environnement économique international est devenu plus concurrentiel, moins porteur. Dans ce contexte, la France a fait un double choix funeste : elle a réduit plus que les autres pays le temps de travail, et elle a développé plus que les autres sa sphère publique. Ce double

1. Il ne faut pas juger les résultats des politiques économiques sur une année, mais sur une longue période.

choix a affaibli à la fois la compétitivité de notre économie, son taux de croissance et le pouvoir d'achat des Français. Notre pays est devenu moins compétitif, plus cher, plus complexe, moins agile, moins productif, plus faible, moins influent, moins respecté et moins « *business friendly* ».

Les Français sont de plus en plus nombreux à avoir peur du déclassement pour eux et leurs enfants

Dans ce contexte où le travail ne permet plus à de nombreux Français de subvenir à leurs besoins et d'épargner pour préparer l'avenir, le sentiment de déclassement se développe. Il n'existait pas il y a cinquante ans.

SMIC, CDD, chômage et crises économiques à répétition : pour beaucoup de Français, il ne s'agit pas de vivre, mais de survivre. Et sans espoir que cela s'améliore rapidement. Du coup, la peur du déclassement hante nos concitoyens. Ceux qui sont au SMIC et ceux qui n'y sont pas, mais craignent de s'y retrouver. Le mal-être est profond : celui d'une société où les perspectives d'avenir se rétrécissent et où les espoirs d'ascension sociale s'évanouissent.

Les Français regardent leur passé avec un pincement au cœur. Ils ont souvent entendu parler, ou ils ont même vécu, les Trente Glorieuses. Une époque où l'effort semblait récompensé, où l'ascenseur social fonctionnait, où un salaire suffisait à faire vivre une famille décemment, honnêtement.

Aujourd'hui, un grand nombre d'entre eux estiment que leur niveau de vie stagne ou régresse. Cette désillusion frappe surtout les classes moyennes et populaires, celles qui, hier encore, portaient le pays.

Dans *La Fin de la grande classe moyenne*, Jérôme Fourquet décrit une France où les emplois qualifiés disparaissent, remplacés par des postes précaires et mal rémunérés dans le secteur tertiaire. Là où, autrefois, l'avenir semblait clair et prometteur, les horizons se brouillent. Fourquet parle d'un délitement, d'une polarisation : d'un côté, une minorité privilégiée ; de l'autre, une masse de salariés coincés, sans perspectives, sans espoir.

Ce sentiment d'abandon, cette peur de ne plus pouvoir avancer, se sont manifestés dans la rue avec le mouvement des Gilets jaunes. S'est exprimée alors la colère d'hommes et de femmes ayant le sentiment que la société les a laissés sur le bord de la route. Et que leur travail ne leur permettait pas de vivre.

Le ralentissement de la croissance, l'inquiétude des parents et des grands-parents pour leurs enfants et petits-enfants, le manque d'espoir que leur situation peut changer, nourrissent à la fois le désespoir et une colère sourde.

Le problème est particulièrement net chez les jeunes. Les jeunes actifs ont plus de mal à maintenir un niveau de vie comparable à celui de leurs parents au même âge. Ils sont nombreux à dépendre financièrement de leurs parents ou grands-parents.

En France, le taux de chômage des jeunes reste supérieur à la moyenne européenne. Contraintes d'accepter des stages peu ou pas rémunérés, ou des contrats précaires, les jeunes générations sont inquiètes quant à leur sécurité financière future.

Dans ce contexte, le sujet de l'immobilier est particulièrement grave. L'achat d'un premier logement est quasiment inaccessible pour la plupart des jeunes adultes sans aide substantielle de leurs parents. Et l'allongement de l'espérance de vie et les incertitudes de la viabilité des régimes de retraite achèvent de nourrir le désenchantement des Français de toutes les générations. Ce dernier prend ainsi la forme d'une crainte à bas bruit de déclassement.

À la peur du déclassement s'ajoute le sentiment d'injustice

Parallèlement se répand dans le pays l'idée que la crise n'est pas la même pour tout le monde. Alors que la majorité des Français souffre, la plupart des privilégiés voient leur situation s'améliorer. Une fracture parcourt la société. Son origine est attribuée aux inégalités de revenus et de patrimoines.

L'injustice perçue non seulement nourrit un mal-être, mais provoque aussi un ressentiment. Il en résulte tantôt un découragement, tantôt l'espoir d'un rétablissement d'une égalité par la loi ou par des politiques nouvelles. Il existe aussi, dans le pire des cas, la tentation d'obtenir justice au moyen de la violence.

Les Français, conscients de la sous-performance de la France, sont découragés, perdus et déprimés

Les causes de la sous-performance de la France sont connues. Elles ne sont pas secrètes ou mystérieuses : impôts trop élevés, faiblesse des investissements, temps de travail inférieur à celui de ses principaux concurrents, complexité administrative, instabilité des règles sociales et fiscales. Les Français savent ou sentent que, comme le disait le chancelier allemand Helmut Schmidt (1918-2015) : « Les profits d'aujourd'hui sont les investissements de demain et les emplois d'après-demain. »

Les Français constatent que leur pays, notre pays, n'arrive plus à avancer, à décider, à changer. Ils ont l'impression que leur pays est coincé. La France stagne, et eux avec elle. La France a décroché. Leur pays n'est plus un vainqueur. Ils constatent qu'il leur offre peu de perspectives de croissance, et leur oppose une incapacité à faire face aux grands défis du monde d'aujourd'hui. Notamment la compétition économique internationale, la crise climatique et le réarmement militaire.

La France est en *burn out* économique. Il est temps maintenant de dire la vérité sur le pouvoir d'achat des Français.

Chapitre 2

La vérité sur le pouvoir d'achat

La France a un État obèse

Regardons le produit intérieur brut (PIB) de la France. Le PIB mesure la richesse créée par tous les acteurs, entreprises et services publics, sur un territoire national pendant une période donnée.

L'an dernier le secteur privé représentait 42 % du PIB, et le secteur public 58 %. Or, de nombreuses personnalités publiques, élus, syndicalistes, économistes, universitaires, pensent que « 58 % contre 42 %, cela fait 16 points d'écart, c'est beaucoup, mais ce n'est pas dramatique ». Malheureusement, cette opinion est fausse.

Un petit retour en classe de sixième permet de mieux saisir la réalité. Si la sphère publique pèse 58 % du PIB, alors la sphère privée ne pèse que 42 %, cela signifie que la sphère publique est 1,38[1] fois plus importante que la sphère privée.

Or, dans la moyenne des pays développés, c'est l'inverse : la sphère publique représente environ 42 % du PIB, soit 0,69 fois la sphère privée.

Et voici le point crucial : 1,38, c'est exactement deux fois 0,69.

Autrement dit, notre sphère publique est deux fois plus lourde[2] que celle de la moyenne des autres pays comparables. Aussi, nous insistons : le jour où cette vérité simple sera comprise par tous, le débat pourra enfin changer. Mais tant qu'on continuera à dire que « les chiffres n'expliquent rien » et qu'« il vaut mieux faire de la sociologie » pour expliquer les causes de notre *burn out* économique, on tournera en rond.

Nous avons le même cheval que nos concurrents mais notre jockey – l'État – est obèse… ce qui empêche la France et les Français de courir à armes égales et de pouvoir gagner plus.

La *Fable du voyageur et de la dîme* de Frédéric Bastiat, ou une leçon de compétitivité

Frédéric Bastiat, économiste et penseur du XIXe siècle, nous offre une fable lumineuse pour

1. 58/42 = 1,38.
2. 1,38/0,69 = 2.

comprendre les enjeux de la compétitivité et les dangers d'une économie trop alourdie par les charges. Dans la *Fable du voyageur et de la dîme*, il raconte l'histoire d'un voyageur qui, traversant plusieurs villages, voit son sac peu à peu vidé par une série de taxes et de prélèvements.

Au départ de son voyage, le sac du voyageur est bien rempli, lesté de marchandises qu'il transporte pour les échanger et commercer. Mais à chaque étape, dans chaque village, il doit s'acquitter d'une dîme[1] : ici pour traverser un pont, là pour entrer dans un marché, plus loin pour obtenir une autorisation de séjour. Finalement, arrivé à la fin de son périple, le voyageur se retrouve avec un sac vide, incapable de commercer ou d'échanger quoi que ce soit.

Cette fable est une métaphore de ce que vit la France dans un monde globalisé. Le voyageur représente nos entreprises, nos entrepreneurs et nos salariés. Les prélèvements sur son sac symbolisent les charges sociales élevées, les taxes multiples et les réglementations complexes qui pèsent sur l'activité économique française. À chaque étape – chaque décision administrative ou fiscale – une partie de la compétitivité des entreprises s'efface, jusqu'à ce qu'elles ne puissent plus rivaliser avec leurs concurrents étrangers.

1. Un impôt ou une taxe.

Dans un marché mondial où chaque pays cherche à attirer les investisseurs et à stimuler ses exportations, la compétitivité et la productivité sont les outils clés pour remplir le sac du voyageur.

Or, parce que la France ponctionne ce sac par des taxes et des contraintes excessives, ses entreprises ont moins de munitions et de réserves pour investir suffisamment dans l'innovation, payer leurs salariés correctement ou conquérir de nouveaux marchés.

Frédéric Bastiat nous enseigne une leçon intemporelle : pour qu'un pays prospère, il doit permettre à ses entreprises de traverser librement les « villages » du monde sans qu'elles perdent leur énergie ni leur richesse en chemin. En d'autres termes, la France doit alléger ses charges, simplifier son administration et encourager la création de valeur, c'est-à-dire de richesse.

La France doit être notre base arrière où l'on reprend des forces pour affronter le grand large de l'exportation et de la mondialisation.

Ignorer cette réalité, c'est, comme le dit la fable, condamner le voyageur à l'épuisement et à l'échec. C'est priver les salariés d'opportunités, freiner la croissance des salaires, et réduire les perspectives de progrès social. À l'inverse, une politique qui favorise la compétitivité permet aux entreprises de remplir leur sac d'innovation, d'emplois et de richesses partagées.

Nous sommes, aujourd'hui en France, coincés par cette dîme qui épuise les acteurs économiques – entreprises et particuliers – au lieu de les motiver et les encourager.

Le pouvoir d'achat des Français est trop faible et ne croît pas assez

Regardons le PIB par habitant. C'est un excellent indicateur économique qui mesure la richesse produite par un pays, divisée par le nombre de ses habitants. Il donne une estimation moyenne de la valeur des biens et services disponibles par personne. Il est une photo du niveau de vie d'une population, un bon instrument pour analyser le pouvoir d'achat.

Un PIB par tête faible et stagnant révèle une dynamique économique insuffisante. Si la richesse créée ne progresse pas suffisamment, cela freine la capacité des entreprises à augmenter les salaires et celle de l'État à financer des politiques sociales sans alourdir la fiscalité.

Oui, un faible PIB par tête est synonyme de pouvoir d'achat limité. Or, depuis 1973, la croissance du pouvoir d'achat des Français a été plus faible que celle de ses principaux concurrents. La Suisse a eu une croissance 3,4 fois supérieure à la nôtre. Quant aux États-Unis, il y a vingt ans, nous étions au même niveau qu'eux en termes de produit intérieur brut par habitant. Ils sont aujourd'hui largement devant nous. Regardez le tableau ci-dessous :

PIB/habitant en parité de pouvoir d'achat (euros courants) en 2024

États-Unis	76 836
Suisse	76 022
Allemagne	59 433
Canada	59 232
France	52 910
Royaume-Uni	52 432
Italie	51 148
Japon	47 687

Source : FMI World Economic Outlook (avril 2025)

Le Royaume-Uni et la France sont très proches. Seuls l'Italie et le Japon sont plus faibles que nous en 2023. L'Italie était en train de nous rattraper et de nous dépasser en juin 2025. Il est urgent d'agir !

La croissance des salaires et du pouvoir d'achat est directement liée à la croissance économique

Jetons maintenant un coup d'œil sur la période 1945-1973. On l'a appelée « les Trente Glorieuses ».

Nous sommes après la Seconde Guerre mondiale. Notre pays se reconstruit. Ces décennies sont marquées par l'amélioration des conditions de vie (logement, santé, éducation), le plein emploi et l'augmentation des salaires. Celle-ci est due à une croissance économique exceptionnelle, avec un PIB en hausse moyenne de 5 % par an.

A contrario, de 1974 à aujourd'hui, la croissance économique s'est ralentie, affectant directement la progression des salaires, notamment à partir des années 2000. Certes, depuis les deux chocs pétroliers, la croissance de tous les pays a ralenti. Mais celle de la France a ralenti plus que les autres.

Or, pour qu'une entreprise puisse augmenter les salaires, elle doit être prospère et croître. Cette vérité vaut aussi pour un pays. Pour que les salaires des Français croissent, il faut que l'économie française soit forte et croissante. Les salaires sont un résultat, pas une cause.

Prenons l'exemple d'une petite entreprise de 45 salariés spécialisée dans la fabrication de machines-outils pour le secteur de l'aviation. Elle se trouve dans la « Mecanic Vallée » où travaillent 200 entreprises spécialisées dans les secteurs de la mécanique, notamment l'aéronautique, l'équipement automobile et la machine-outil, situées dans les régions de la Nouvelle-Aquitaine et de l'Occitanie.

Cette PME, appelons-la Sévignacq Aéro, fournit des équipements à plusieurs grands noms de l'aéronautique. Elle est typique des entreprises françaises à haute valeur ajoutée : innovante, conquérante, rigoureuse. Elle est coleader de son secteur. Pourtant, depuis plusieurs années, la croissance économique est faible, notamment dans le secteur industriel. Les commandes, bien qu'encore régulières, n'augmentent pas à un rythme nécessaire pour compenser la hausse des coûts de production, notamment ceux liés aux matières premières et à l'énergie depuis le déclenchement de la guerre en Ukraine.

Cette stagnation des revenus oblige le dirigeant de l'entreprise à contenir les augmentations de salaire pour ne pas mettre en péril l'équilibre financier de Sévignacq Aéro. Malgré sa volonté de rémunérer ses employés à la hauteur de leur expertise, il se heurte à une contrainte économique simple : sans croissance des revenus de l'entreprise, il ne peut augmenter les salaires, ni envisager des hausses significatives des salaires les plus bas.

Chez Sévignacq Aéro, où plusieurs opérateurs et techniciens sont rémunérés au SMIC ou légèrement au-dessus, une augmentation du salaire minimum sans une dynamique économique suffisante viendrait peser sur les marges déjà réduites. Le dirigeant se retrouverait devant un dilemme : augmenter les salaires au détriment des investissements en R&D ou réduire les effectifs pour maintenir la rentabilité. L'absence de croissance économique rend ces choix encore plus difficiles et incontournables.

Si l'économie connaissait une croissance soutenue, les carnets de commandes de cette PME seraient mieux remplis, permettant de financer les hausses salariales. Avec une demande accrue, le chiffre d'affaires augmenterait, et son dirigeant aurait les marges nécessaires pour réinvestir tout en rémunérant mieux ses salariés. Bref, une dynamique de croissance créerait un cercle vertueux : des augmentations de salaires fidéliseraient ses salariés, assureraient l'innovation et renforceraient la compétitivité de l'entreprise.

La croissance économique de la France est plus faible que celle de ses voisins européens

En France, la croissance économique est trop faible. Depuis l'introduction de l'euro en 2000, elle stagne à environ 1,2 % par an, en deçà de la moyenne des pays de l'OCDE qui est à 2 %.

Cette faiblesse freine directement la progression des salaires : le SMIC évolue peu, avec des augmentations limitées, souvent liées à l'inflation plutôt qu'à une véritable dynamique de croissance. Et les autres salaires, eux aussi, augmentent peu.

En parallèle, le poids des charges sociales sur le travail, parmi les plus élevées au monde, réduit le salaire net des employés et limite la capacité des entreprises à proposer des rémunérations plus compétitives.

Cette stagnation entraîne des effets en chaîne : les entreprises, disposant de marges limitées, augmentent moins les salaires, ce qui pèse sur le pouvoir d'achat. Elles embauchent moins ou privilégient des contrats précaires ou à temps partiel, poussant de nombreux salariés dans la catégorie des « travailleurs pauvres » que nous avons évoqués plus haut. Enfin, le manque de dynamique salariale affaiblit la consommation des ménages, ce qui pénalise à son tour la croissance économique. Nous sommes dans un cercle vicieux. Pour autant, est-il fatal ?

Non, nous ne devons pas attendre la croissance, nous devons la construire !

CHAPITRE 3

NOS RÉFORMES POUR GAGNER PLUS

La France a le choix : soit continuer comme hier et comme aujourd'hui. Mais ce ne serait bon ni pour la France, ni pour les Français. Soit changer, réformer, pour que la France soit plus productive, l'État français plus fort, et les Français plus riches. C'est notre cinquième voie. Notre chemin.

En effet, la France doit créer plus de richesses. La France peut et doit accélérer la croissance de son économie. La France peut et doit améliorer le pouvoir d'achat des Français et faire reculer la pauvreté. Pour y parvenir, nous proposons 30 réformes.

Objectifs clés des trois tiers

Chaque somme de 100 euros de richesse produite grâce aux mesures qui vont vous être présentées pour redresser la France et le portefeuille des Français sera divisée en trois tiers :

– Un tiers pour l'augmentation du revenu net du salarié, qui est un objectif de court, moyen et long terme. En effet, l'impact sur la croissance mettra du temps à se matérialiser. Certes, nous pourrons prendre des mesures de court terme sur le pouvoir d'achat, mais d'autres prendront inévitablement du temps.
– Un tiers pour la réduction des déficits publics et la maîtrise de la dette, qui est un objectif à court/moyen terme.
– Un tiers pour les investissements dans notre souveraineté, notre défense et notre sécurité, ainsi que les défis environnementaux, qui sont un objectif à moyen/long terme.

En d'autres termes, un tiers pour le pouvoir d'achat des Français et deux tiers pour la France de demain, celle de nos enfants, nos petits-enfants.

Nos 30 mesures sont classées dans 4 grandes catégories :

– **Gagner plus en travaillant plus.** Travailler plus augmente les revenus, ce qui renforce le pouvoir d'achat, stimule la demande, encourage les investissements et génère plus de croissance et donc plus de richesses.

- **Gagner plus en optimisant notre modèle social.** Augmenter le salaire net des Français en améliorant notre modèle social par la réduction des dépenses et des charges, ce qui permet aussi de réduire le coût du travail.
- **Gagner plus par la croissance.** Augmenter les libertés nourrit la croissance, ce qui enrichit la nation et les Français. Et l'augmentation des libertés donne plus d'air et de possibilités d'initiatives aux Français.
- **Gagner plus par un État recentré.** Réduire le périmètre d'intervention de l'État diminue les dépenses publiques et donc les impôts et augmente la croissance, ce qui redonne du pouvoir d'achat aux ménages.

La liberté avant tout

Nous voulons affirmer ici quelques valeurs « entrepreneuriales » qui nous tiennent à cœur, que nous avons expérimentées dans nos propres entreprises ou observées dans la gouvernance des pays qui ont mieux réussi que la France sur les dernières décennies.

Ces valeurs, qui sont le terreau de nos propositions, sont les suivantes :

Liberté : redonner partout de la liberté, y compris dans le choix de notre sacro-sainte assurance sociale. Trop de normes tuent la norme et deviennent liberticides. Il en va de même pour les cotisations et les impôts.

Effort : travailler plus, mais en gagnant plus. Le travail doit payer et permettre de vivre et de s'enrichir. Les efforts, le mérite et les résultats doivent être récompensés.

Solidarité exigeante : demander des engagements à ceux qui touchent des aides. Le travail doit être plus rémunérateur que la totalité des aides accordées. Les aides ne doivent être que temporaires, dégressives et comporter des contreparties. Pour les Français et pour les entreprises aussi.

Bienveillance : ne laisser personne sur le bord du chemin. Il faut aider toutes les personnes qui ont des accidents de la vie et qui veulent s'en sortir.

Responsabilité de chacun : donner plus de liberté de choix, encourager le travail et les initiatives, plutôt que l'assistanat, démotivant et déresponsabilisant.

Des succès ailleurs en Europe

Lorsque nous avons travaillé pour définir ces mesures, nous avons regardé ce que font les 26 autres pays de l'Union européenne. Chaque fois, nous avons calculé quelle était la moyenne européenne.

Ces 30 mesures forment un tout cohérent

Les mesures que nous préconisons sont liées les unes aux autres. Leur mise en œuvre permet de créer un cercle vertueux qui engendrera une hausse du pouvoir d'achat des Français, la réduction des déficits publics et l'investissement dans les défis du futur par les économies générées et la croissance économique retrouvée.

Parmi les mesures présentées, certaines auront un impact rapide. D'autres auront un impact à court et moyen terme : l'objectif est d'augmenter la plupart des salaires de 30 % en moins de dix ans.

Gagner plus en travaillant plus

Mesure 1 : Augmenter le temps de travail hebdomadaire à 40 heures

Constat : nous travaillons moins que les habitants de la plupart des pays européens par an et sur une vie. Il y a trois raisons à cet état de fait : notre âge de départ à la retraite ; nous avons plus de semaines et de jours de congé par an que les travailleurs de la plupart des pays européens ; notre taux d'emploi, c'est-à-dire le nombre de personnes qui travaillent réellement en France, est plus faible qu'ailleurs.

Cette situation constitue un frein majeur à la compétitivité de nos entreprises, à la croissance de l'économie française et au pouvoir d'achat des Français. En travaillant moins que les autres, nous nous amputons. Qu'ont fait les chefs d'entreprise ? Le maximum pour rester productifs. Néanmoins, la concurrence est toujours là, rude, et elle travaille plus que nous.

Il est temps de reconnaître que l'objectif de la grande réforme qui a fixé à 35 heures la durée du travail hebdomadaire n'a pas été atteint. Ceux qui ont décidé cette réforme croyaient qu'en abaissant la durée du travail ils parviendraient à plus partager le travail et, ainsi, à vaincre le chômage. Cette politique a échoué : le chômage n'a pas été vaincu, il reste environ entre 7 et 8 % de chômeurs en France.

Si nous voulons renouer avec une dynamique économique forte, augmenter le pouvoir d'achat et financer notre modèle social, nous devons donc augmenter le temps de travail.

Proposition : Augmenter le temps de travail hebdomadaire à 40 heures. Combien une telle réforme nous rapportera-t-elle ? Malgré la réforme emblématique des 35 heures, les experts s'accordent pour dire que les Français travaillent en moyenne 37 heures par semaine. Prenons cette hypothèse et faisons le calcul si nous revenons à une semaine de travail de 40 heures : 23 millions de salariés qui travailleraient 5 heures de plus pendant 4 semaines sur 11 mois, au tarif moyen de 19 euros de l'heure, cela doublé des charges sociales, cela générerait environ 120 milliards de création de richesse.

L'effet de cette réforme sera considérable : les entreprises pourront utiliser cette quantité de travail supplémentaire pour produire plus et vendre plus. Le nouveau « gâteau » de l'économie française grossira. Une nouvelle dynamique créera de nouveaux emplois. Cela a été observé dans toutes les économies qui ont augmenté la durée du travail. D'autant plus que les patrons cherchent souvent à embaucher mais ne trouvent pas de candidats.

Ce passage de la durée hebdomadaire du travail de 37 heures à 40 heures aura plusieurs conséquences positives : les salariés gagneront plus ; la compétitivité de la France sera renforcée face à ses concurrents européens et mondiaux ; les déficits de l'État, de la Sécurité sociale et des régimes de retraite seront réduits.

La mise en œuvre de cette réforme nécessitera des négociations entre partenaires sociaux, au niveau des branches et au niveau des entreprises.

Travailler plus pour gagner plus donnera environ 15 % de gain de pouvoir d'achat pour les salariés concernés.

Mesure 2 : Donner la liberté de choisir l'âge du départ à la retraite autour d'un nouvel âge pivot

Constat : les Français partent à la retraite plus tôt que leurs voisins européens. En attendant que les Français prennent leur retraite à 64 ans[1], cet âge sera encore inférieur à la moyenne des pays industrialisés[2]. L'âge normal moyen de départ à la retraite y sera alors de plus de 66 ans.

En France, les dépenses consacrées aux retraites représentent environ 27 % des charges sociales, soit l'une des proportions les plus élevées au sein des pays développés. Cette situation découle d'un système par répartition, dans lequel les salariés financent directement les pensions des retraités. Si ce modèle a permis de réduire les inégalités sociales

1. Selon le Conseil d'orientation des retraites (COR), l'âge de liquidation de la retraite est de 62,6 ans en 2024 pour deux tiers des Français. L'âge moyen de départ à la retraite, quant à lui, augmente depuis 1951 et devrait se stabiliser autour de 64,4 ans. Pour les 60-64 ans, le taux d'emploi a augmenté de plus de 27 points entre 2000 et 2023 et atteint 38,9 % en 2023 (+ 2,7 points par rapport à 2022).

2. Pays membres de l'OCDE. Note du COR Panorama des pensions 2023 : les indicateurs de l'OCDE et du G20 – novembre 2024.

et de garantir un niveau de vie décent aux retraités, il pèse aujourd'hui lourdement sur les finances publiques, sur le pouvoir d'achat des Français et sur la compétitivité des entreprises.

Avec un ratio salariés/retraités en baisse continue (1,7 salarié pour 1 retraité en 2023 contre 4 pour 1 dans les années 1960), en d'autres termes avec de moins en moins de salariés qui cotisent pour de plus en plus de retraités, la viabilité du système est remise en question. Les entreprises, pénalisées par ces charges, voient leur compétitivité diminuer face à des pays où les cotisations sociales sont moins élevées. Par ailleurs, cette situation limite les marges de manœuvre pour augmenter les salaires nets des salariés, aggravant le ressentiment envers un système perçu comme inéquitable.

Cinq facteurs – un poids élevé des charges, une durée de cotisation trop courte, un niveau de retraite plus élevé qu'à l'étranger, la détérioration du ratio actifs/retraités et un traitement coûteux des retraites des fonctionnaires – créent une pression insoutenable sur le système de retraite. En 2024, les dépenses liées aux retraites représentaient près de 13,8 % du PIB, soit l'un des niveaux les plus élevés parmi les pays développés.

Ce déséquilibre se traduit par un déficit du système de retraite. Contrairement aux chiffres souvent relayés, le déficit ne s'élève pas à 10 milliards d'euros, mais bien à 81 milliards si l'on inclut les 71 milliards nécessaires pour combler le trou des caisses des fonctionnaires et des régimes spéciaux (SNCF, RATP, Banque de France...). En fin de compte, c'est l'État qui comble ce trou, c'est-à-dire les contribuables, les Français, par une augmentation de leurs impôts et une diminution de leur pouvoir d'achat.

Proposition : Donner la liberté de choisir l'âge du départ à la retraite, autour d'un nouvel âge pivot. Cette liberté permettra de répondre à quatre exigences. La première est démographique. Compte tenu de l'augmentation de l'âge des Français et donc du nombre de Français retraités et de la baisse du nombre de naissances, nous n'avons pas choix : nous sommes obligés de partir plus tard à la retraite pour faire face au décalage croissant entre les besoins de financement des retraités et les moyens de financement par ceux qui travaillent (actifs). Nous préconisons donc que le nouvel âge pivot soit 67 ans, à compter de 2028.

Nous recommandons de prendre aussi en compte une deuxième exigence, la liberté. Dans le monde moderne, il est absurde d'obliger toutes les personnes à partir à la même date. Il faut permettre aux salariés de choisir l'âge de la retraite. Ceux qui veulent travailler plus longtemps doivent pouvoir le faire et recevront une retraite plus importante. Ceux qui veulent partir plus tôt doivent pouvoir partir plus tôt et auront un malus. Néanmoins, il y aura un âge pivot, 64 ans en 2025. Cet âge est celui à partir duquel un salarié peut prétendre à une pension complète sans décote. En raison de l'augmentation de la durée de vie et de l'évolution de la démographie, cet âge pivot sera redéfini tous les trois ans. Nous pensons que, dans trois ans, en 2028, l'âge pivot devra être rehaussé à 67 ans en France.

La liberté-flexibilité que nous recommandons est déjà pratiquée dans d'autres pays industrialisés. Ainsi, en Suède, les citoyens peuvent choisir de commencer à percevoir leur pension de retraite à partir de 61 ans et ont la possibilité de retarder leur départ jusqu'à 70 ans ou plus. Au Canada, les salariés peuvent opter pour une retraite anticipée dès l'âge de 60 ans, mais avec une réduction de leur pension d'environ 0,6 % pour chaque mois précédant l'âge normal de la retraite, fixé à 65 ans. À l'inverse, ceux qui choisissent de retarder leur départ à la retraite au-delà de l'âge de 65 ans bénéficient d'une augmentation de leur pension de 0,7 % pour chaque mois supplémentaire, jusqu'à l'âge maximal de 70 ans.

Permettre aux gens de choisir l'âge de leur retraite contribuera à un marché du travail plus dynamique et adaptable, réduira les coûts de santé liés au stress et à l'épuisement professionnel pour ceux qui veulent partir plus tôt ; il améliorera le bien-être social en respectant les besoins et les préférences individuels.

D'une manière générale, le système devra être organisé pour inciter les salariés à partir plus tard à la retraite. Il créera un cercle vertueux en rapportant plus de revenus nets et plus de cotisations.

Troisième exigence : ce décalage de l'âge de départ en retraite devra tenir compte des métiers dits « pénibles » : la plupart des métiers du bâtiment, certains métiers de la logistique, des transports et de l'industrie, les métiers à haute intensité physique. Ces travailleurs doivent pouvoir partir plus tôt à la retraite. Il faudra organiser cela sans réinventer une « usine à gaz » comme celle de la loi pénibilité, heureusement abolie depuis, parce que monstre de complexité et donc inapplicable.

Enfin, quatrième exigence. Ces réformes devront s'accompagner d'une désindexation de l'évolution des retraites. C'est-à-dire que si les prix augmentent de 2 %, les retraites augmentent de 1 % – alors que la loi prévoit aujourd'hui que chaque année le niveau des retraites augmente au même niveau que celui de l'inflation. Comme la priorité est d'augmenter le pouvoir d'achat de ceux qui travaillent, il faut accepter que celui-ci augmente plus que celui des retraités. Nous recommandons que les retraites devront augmenter d'un point de moins que l'augmentation des prix.

C'est une mesure d'équité entre les générations : elle atténue l'impact du vieillissement de la population sur le système de retraite, car il n'y a plus assez de cotisants pour un retraité. Elle contribue ainsi à un équilibre plus juste entre les générations, évitant de charger excessivement les jeunes et les générations futures. Elle contribue aussi à réduire le déficit des régimes de retraite.

Mesure 3 : Développer le recours à la capitalisation pour augmenter la retraite

Constat : les Français n'utilisent pas assez le trésor des retraites par capitalisation. Le régime de retraite le plus fréquent en France est le régime par répartition. Comment marche-t-il ? Les salariés paient des cotisations sociales qui sont prélevées sur leur salaire. Les fonds collectés sont immédiatement redistribués sous forme de pensions aux retraités. Cela signifie que les salariés d'aujourd'hui paient pour les pensions des retraités d'aujourd'hui.

Or, la plupart des Français ne savent pas qu'un nombre important d'entre eux bénéficient d'un régime de capitalisation. De la même manière, la majorité des Français ne sait pas qu'un régime par capitalisation est meilleur pour les salariés et les retraités qu'un régime par répartition.

Comment fonctionne le régime par capitalisation ? C'est un système de retraite où les cotisations individuelles des salariés sont investies sur les marchés financiers pour générer un capital qui financera la retraite du salarié soit par une rente mensuelle soit par un capital versé en une ou plusieurs fois.

Or, comme nous l'avons vu, avec 1,7 cotisant actif pour 1 retraité, notre démographie ne permet plus d'assurer le service de la retraite par répartition. Nous devons donc ajouter un dispositif de retraite par capitalisation.

En 2025, plus de la moitié des pays européens ont mis en place des régimes de retraite par capitalisation privée obligatoire ou quasi obligatoire. En règle générale, ils combinent des régimes par répartition et par capitalisation. Par exemple, en Finlande et en Suisse, les plans de retraite professionnels par capitalisation sont obligatoires et couvrent plus de 70 % de la population en âge de travailler.

Si, dès les années 1980, François Mitterrand avait consacré ne serait-ce qu'un tiers des cotisations à un système de capitalisation, la situation actuelle des retraites serait radicalement différente. Un chiffre frappe les esprits : 1 euro investi à la Bourse de

Paris en 1980, soit il y a 45 ans, vaudrait aujourd'hui 15 euros – et cela malgré la crise ! Quinze fois plus !

Ainsi, les pays qui ont parié sur la capitalisation jouissent d'une sécurité financière importante. À l'échelle mondiale, près de la moitié des actions sur les marchés financiers sont détenues par des fonds de pension, alimentant les retraites de centaines de millions de personnes.

Pourquoi la France a-t-elle jusqu'ici recouru si peu au régime de capitalisation ? Probablement pour des raisons idéologiques. Il existe dans notre pays une forte tradition de protection sociale étatique. Le système de répartition est profondément ancré dans la culture politique et sociale où il est vu comme égalitaire. La capitalisation évoque le capital et le capitalisme, qui sont encore mal vus dans notre pays, en raison de la culture marxiste qui imprègne toujours notre inconscient.

La retraite par capitalisation est aussi vue comme un facteur d'inégalités parce qu'elle favorise ceux qui ont les moyens d'épargner davantage et de prendre des risques sur les marchés financiers. Voilà pourquoi les réformes visant à introduire plus de capitalisation ont toujours rencontré l'opposition des syndicats et des partis politiques de gauche.

Pourtant, aujourd'hui, en France, plus de 14 millions de personnes[1] utilisent un régime par capitalisation complémentaire du système par répartition. Ces dispositifs peuvent être obligatoires (retraites complémentaires) ou facultatifs (plans d'épargne retraite). Qui sont les bénéficiaires ?

Depuis 2005, certains fonctionnaires cotisent à ce régime complémentaire par capitalisation pour les primes et avantages non pris en compte dans la pension de base. Les cotisations sont investies, et les droits sont convertis en rente ou capital à la retraite. Exemple de bénéficiaires : enseignants, infirmiers hospitaliers, agents administratifs des collectivités, conducteurs de train, agents de maintenance électrique.

Il y a aussi les professions libérales, avocats, médecins, dentistes, notaires ; les dirigeants d'entreprise ; les artisans, commerçants et industriels ; les indépendants et les entrepreneurs ; les agriculteurs, les marins et les artistes.

Néanmoins, la capitalisation « à la française » n'est pas assez développée, notre système de retraite reposant encore sur la répartition qui est largement déficitaire.

Pourtant, nous n'avons plus le choix. Il faut laisser la liberté de créer des fonds de pension français

---

1. iFRAP, 2020.

par des entreprises privées, comme les assurances ou les mutuelles. Compte tenu des déficits des caisses de retraite, c'est non seulement une urgence, mais c'est aussi une exigence morale vis-à-vis des jeunes générations.

Cette combinaison de deux couches complémentaires, répartition et capitalisation, permet de diversifier les sources de financement des retraites. Elle offre une plus grande stabilité et une meilleure prévisibilité des ressources pour les pensions futures.

L'investissement des fonds de pension dans les 40 principaux groupes cotés à la Bourse de Paris et dans les secteurs d'avenir tels que le numérique, la santé, et l'armement, générera des rendements potentiellement élevés, en moyenne 7 % par an ce qui correspond à la moyenne des rendements observés sur les cent dernières années[1]. Et ceci malgré les crises.

Proposition : Développer le recours à la capitalisation pour augmenter la retraite. Nous recommandons donc la liberté de pouvoir affecter une partie des cotisations retraites dans des fonds de pension.

---

1. Le Bris, D. (2012). « La performance des actions françaises au XIXe siècle. Une analyse historique des rendements. », *Revue d'économie financière*, 106(2), 77–96.

La mise en œuvre de cette mesure se fera progressivement. L'objectif sera de rendre ces fonds de pension privés obligatoires ou quasi obligatoires pour tous les salariés dans un délai de cinq ans, avec des incitations fiscales pour encourager leur adoption rapide.

La création de ces fonds nécessitera la collaboration entre le gouvernement, les régulateurs financiers, les entreprises, et les syndicats pour s'assurer que les fonds soient gérés de manière transparente et éthique, et que les investissements soient alignés avec les objectifs à long terme de stabilité économique et de croissance.

Cette mesure créera un cercle vertueux avec un double effet positif : elle bénéficiera aux salariés actuels en leur assurant que leur épargne retraite est investie de manière productive. Mais elle profitera aussi à l'économie française en orientant des milliards d'euros vers les entreprises les plus importantes, celles qui font le plus de R&D. Elle soutiendra l'innovation, l'emploi et donc la croissance.

Partout où les fonds de pension existent, ils investissent dans les sociétés du pays. Ils sont de puissants instruments de création de richesse.

L'une des pistes les plus pragmatiques pour amorcer un système de capitalisation en France, sans bouleverser le modèle par répartition, serait d'introduire une capitalisation volontaire et progressive adossée aux augmentations salariales. Concrètement, il s'agirait de consacrer chaque année une petite fraction – par exemple la moitié de l'augmentation annuelle de salaire, soit 1 ou 2 %, à un fonds de retraite personnel, capitalisé et investi sur les marchés à long terme. Cette logique d'« épargne marginale » aurait un triple avantage : elle ne diminue pas le revenu net actuel, elle incite à l'épargne sans coercition, et elle prépare l'avenir en créant un capital retraite complémentaire. En étalant cet effort régulier sur vingt-cinq ans, on constituerait un patrimoine significatif à l'échelle individuelle, tout en stimulant indirectement l'investissement productif à l'échelle nationale. Cette approche, douce mais déterminée, pourrait réconcilier justice intergénérationnelle, responsabilisation individuelle et renouveau économique – une réforme de fond portée par le bon sens.

Mesure 4 : Plafonner les charges pour les salariés de plus de 58 ans

Constat : les seniors coûtent trop cher pour les entreprises. Alors même que leur expérience est précieuse, ils sont surreprésentés dans les personnes sans emploi. C'est absurde. Tout le monde est perdant : le salarié, l'entreprise, la société dans son ensemble.

Aux Pays-Bas, au-delà d'un certain niveau de salaire (60 000 euros) et/ou d'un certain âge, les charges sont plafonnées. Conséquence : on peut embaucher 3 ingénieurs seniors pour le prix de 2 en France ! Un dispositif équivalent de plafonnement des charges existe aussi en Allemagne.

Proposition : Plafonner les charges pour les salariés de plus de 58 ans. L'objectif du plafonnement des charges sociales pour les salaires élevés est de réduire le coût du travail pour les employés expérimentés et hautement qualifiés, souvent parmi les plus rémunérés. Cette mesure vise à encourager le maintien des seniors dans la force de travail en rendant leur coût pour les employeurs plus abordable, particulièrement dans les tranches de revenus supérieures.

Cela atténuera le phénomène de discrimination à l'embauche ou de licenciement fondé sur l'âge, car les seniors ne sont plus désavantagés par des coûts disproportionnés. Quant aux entreprises, elles conserveront des compétences et de l'expérience précieuses pour atteindre leurs objectifs. Pour la réindustrialisation de la France, c'est une mesure qui aura des conséquences positives très importantes.

Mesure 5 : Réformer l'assurance chômage pour favoriser le retour au plein emploi

Constat : le taux de chômage est trop élevé en France. La France affiche un taux de chômage d'environ 7,4 %, supérieur à la moyenne européenne qui est de 5,8 %. Ce qui fait que notre taux d'emploi[1] est l'un des plus faibles en Europe, notamment pour les jeunes et les seniors. Cette situation n'est bonne ni pour les Français, ni pour la France.

Elle n'est pas bonne pour les Français puisqu'un trop grand nombre d'entre nous sont privés d'emploi. Elle n'est pas bonne pour la France parce que les finances publiques supportent le coût des Français privés d'emploi. Sans oublier toutes les souffrances supportées par les familles dont un membre est sans emploi.

Pourtant, la France consacre près de 40 milliards d'euros par an à l'indemnisation des chômeurs, un montant élevé en comparaison des autres pays européens. Ce paradoxe s'explique en partie par une conception plus généreuse et rigide du système, qui favorise l'inactivité plutôt que la reprise d'emploi.

---

1. Le taux d'emploi est la proportion de personnes en âge de travailler (généralement 15-64 ans) qui occupent un emploi par rapport à la population totale de cette tranche d'âge.

En France, la durée d'indemnisation peut aller jusqu'à 24 mois, voire 36 mois pour les seniors, contre seulement 12 mois en Allemagne pour la plupart des salariés. Ce décalage, bien qu'animé par des intentions louables, a des effets pervers : il désincite à rechercher activement un emploi, notamment dans les secteurs en tension, où des centaines de milliers de postes restent non pourvus.

Le système actuel peut, dans certains cas, placer les chômeurs dans une situation plus avantageuse que les titulaires d'emplois disponibles, notamment dans les métiers faiblement rémunérés. Ce phénomène de « trappe à inactivité » est aggravé par le cumul des allocations chômage avec d'autres aides sociales, ce qui limite l'incitation à accepter un emploi moins rémunérateur mais offrant une porte d'entrée sur le marché du travail.

Nous pensons qu'il vaut mieux un emploi imparfait qu'un chômage long. Tout emploi est un pas vers une meilleure insertion professionnelle et un tremplin pour accéder à des postes plus qualifiés. Le système doit donc encourager le retour rapide à l'activité, même dans des emplois modestes. C'est ce que déclarait le chancelier allemand Gerhard Schröder : « Nous souhaitons changer notre façon d'aider les chômeurs à trouver un emploi. Nous voulons être plus rapides et plus ciblés. »

Pour financer l'assurance chômage, les entreprises françaises supportent des cotisations sociales élevées, qui alourdissent le coût du travail. Cette surcharge réduit leur capacité à investir, à recruter et à augmenter les salaires. Elle pénalise aussi leur compétitivité face à des pays comme l'Allemagne, où les cotisations sociales sont plus faibles grâce à un système d'indemnisation plus strict et plus efficace.

Ce taux de chômage limite le nombre de cotisants actifs, réduisant ainsi les entrées d'argent dans les caisses sociales. Cette insuffisance se trouve aggravée par une gestion inefficace. Comme nous l'avons vu, le système bénéficie à ceux qui, bien que pouvant travailler, choisissent de ne pas le faire, profitant ainsi des aides sans contribuer en retour.

La conséquence directe est un fardeau financier pour les cotisants qui sont contraints de payer davantage pour soutenir un système défaillant. Cette situation non seulement engendre des frustrations parmi les contributeurs, mais pose également des questions profondes sur la viabilité à long terme du modèle social français.

Notre objectif est donc que la France atteigne, comme un bon nombre de pays européens, une situation de plein emploi. La plupart des économistes conviennent qu'il se situe à 4 %. En effet, le plein emploi ne peut pas être égal à zéro chômage parce qu'il y a toujours des personnes qui changent d'emploi et peuvent être quelques mois en transition sans emploi.

Le premier facteur qui peut permettre le retour de la France au plein emploi, c'est que les entreprises soient suffisamment compétitives pour être en mesure de créer des emplois et donc d'embaucher. Telle est la philosophie qui inspire l'ensemble de nos réformes.

Deuxième facteur : la révision du régime de l'assurance chômage. Malgré les réformes récentes, le régime français reste l'un des plus généreux de toute l'Europe. Et aussi l'un des plus coûteux pour l'employeur (qui s'acquitte de 4 % du salaire brut) et pour le salarié (qui s'acquitte de la CSG). Il permet aux bénéficiaires de recevoir environ 66 % de leur ancien salaire net, avec, comme on l'a évoqué, une durée d'indemnisation qui peut aller jusqu'à 24 mois, voire 36 mois pour les seniors.

Proposition : Réformer l'assurance chômage pour favoriser le retour au plein emploi. Nous proposons de porter au niveau de la moyenne européenne le taux d'indemnisation du chômage. Les chômeurs percevraient jusqu'à 80 % de leur revenu antérieur sur une durée de 12 mois. Avec une dégressivité sur les 3 mois suivants. Et après

15 mois, le même niveau d'indemnité que la moyenne européenne.

Le bénéfice de cette mesure serait que l'assurance chômage française ne serait plus déficitaire, c'est-à-dire que ses comptes seraient équilibrés – on ne veut pas qu'elle fasse de profit. Ainsi, elle ne pèserait plus sur les finances publiques de notre pays et donc sur l'effort des contribuables.

Il est admis qu'un chômeur coûte environ 15 000 euros par an à la collectivité. Et que ce même chômeur qui travaillerait rapporterait 15 000 euros par an. La différence pour les finances publiques est d'environ 30 000 euros par chômeur qui travaille et par an. Pour 1 million de chômeurs, cela ramènerait 30 milliards d'euros par an. Pour 2 millions : 60 milliards d'euros !

Gagner plus par l'optimisation du modèle social

Nous voulons augmenter le salaire net des Français en améliorant notre modèle social par la réduction des dépenses et des charges, ce qui permet aussi de réduire le coût du travail.

Mesure 6 : Alléger les charges qui pèsent sur les salaires

Constat : en France, le travail est plus taxé qu'ailleurs. Il y a trop d'impôts et de charges parce qu'il y a trop de dépenses publiques et un modèle social trop lourd. La France consacre 33 % de son PIB à la protection sociale, un record parmi les pays de l'OCDE, où la moyenne est de 20 %. Ces dépenses colossales incluent les allocations familiales, le RSA, les aides au logement et les prestations de santé, qui s'ajoutent aux retraites et aux indemnisations chômage.

En raison de l'importance des charges sociales, il y a une différence considérable entre ce que perçoit le salarié (en net) et ce que paie l'entreprise (en brut chargé) : les charges sociales payées par le salarié sont de 23 % ; les charges patronales payées par le patron sont de 40 % avant allégements.

Pour un salaire brut de 100 euros : celui-ci coûte 140 euros avec les charges patronales. Le salarié, une fois ses charges salariales payées, soit 23 euros, touchera donc 77 euros nets ; 77 euros nets contre 140 euros. Et il devra ensuite payer la CSG et l'impôt sur le revenu.

En d'autres termes, le coût du travail chargé, payé par l'entreprise, représente presque deux fois le salaire net du salarié. La France détient là un triste record du monde.

Pour un salaire au SMIC (environ 1 801 euros brut en 2025), les charges salariales représentent 400 euros, les charges patronales ajoutent environ 4 % sur le salaire brut. Coût total pour l'employeur : environ 1 880 euros par mois, car il y a des allégements de charges pour le SMIC.

Mais ça se dégrade très vite au fur et à mesure qu'on monte dans l'échelle des salaires :

Pour un salaire de 2 500 euros nets, le coût total pour l'employeur est de 4 300 euros par mois.

Pour un salaire de 3 000 euros nets, le coût total pour l'employeur est de 5 200 euros par mois.

On voit bien que l'entreprise paie beaucoup plus, presque deux fois plus que ce que le salarié garde dans sa poche. Et encore, là, nous ne prenons pas en compte l'impôt sur le revenu payé par le salarié.

Bref, notre coût du travail est trop élevé.

La mise en place des 35 heures payées 39 heures a profondément affecté les marges des entreprises françaises. Tout d'abord, la réduction du temps de travail sans baisse proportionnelle des salaires a entraîné une hausse des coûts salariaux. Les entreprises ont dû embaucher ou payer davantage d'heures supplémentaires, augmentant leurs charges salariales et compressant leurs marges bénéficiaires.

La perte de compétitivité par rapport aux concurrents étrangers a aggravé la situation. Face à des coûts de production plus élevés, de nombreuses entreprises ont vu leurs marges réduites pour rester compétitives à l'exportation. Les secteurs exposés à la concurrence internationale ont particulièrement souffert de cette évolution. Par exemple, les marges des sociétés industrielles françaises se situaient autour de 30 % alors que la moyenne européenne était à 39 %[1].

A contrario, l'Allemagne a réussi à maintenir une forte compétitivité malgré des coûts de travail élevés grâce à des réformes structurelles, notamment Hartz, en 2003, à propos de laquelle nous reviendrons.

Proposition : Alléger les charges qui pèsent sur les salaires. Nous proposons de réduire les charges

1. Comme l'avait souligné, en 2012, l'excellent rapport Gallois.

dites patronales de 30 % pour augmenter le pouvoir d'achat des salariés tout en réduisant le coût du travail pour les entreprises.

Nous proposons que cette économie soit partagée 50/50 entre l'entreprise et le salarié. Une moitié servira ainsi à réduire le coût pour l'entreprise et l'autre moitié servira à augmenter le salaire du salarié. Pour mettre en œuvre ce partage, nous recommandons une négociation entre l'État, les entreprises et les syndicats.

Concrètement, en réduisant les charges patronales de 30 %, une économie est générée pour l'entreprise. Si cette économie est partagée à parts égales entre l'entreprise et le salarié, le coût du travail diminue d'environ 3 %, tandis que le salarié bénéficie d'une hausse de salaire brut de 6 %.

Par exemple, pour un salaire brut de 100 €, le salarié gagne 106 €, soit 6 % de plus, et le coût total passe de 140 € à 135,68 €. Pour un brut de 2 000 €, il passe à 2 120 €, 6 % de plus, et le coût total baisse de 2 800 € à 2 713,60 €.

Cette mesure renforce à la fois le pouvoir d'achat et la compétitivité des entreprises.

Cette mesure portera plusieurs fruits. Elle réduira le coût des salariés pour l'entreprise. Elle augmentera le pouvoir d'achat des salariés et elle améliorera la situation de l'emploi.

Mesure 7 : Éliminer les charges et les impôts pour les heures supplémentaires

Constat : l'exonération des heures supplémentaires a été un succès dans le passé. L'exonération des heures supplémentaires, mise en place sous Nicolas Sarkozy, supprimée sous François Hollande et relancée par Emmanuel Macron, a profité à plus de 7 millions de salariés en 2019.

Proposition : Exonérer les heures supplémentaires de charges sociales et d'impôt. Nous proposons de reprendre la même réforme que Nicolas Sarkozy et Emmanuel Macron en l'aménageant afin de créer un effet turbo : chaque heure travaillée, au-delà de 40 heures, doit rapporter 50 % de plus en net qu'une heure classique, à coût constant pour l'entreprise ; 15 euros nets deviennent 22,50 euros nets.

Scénario : le déploiement peut commencer rapidement, car le mode opératoire pour la mise en œuvre de cette mesure existe déjà dans les entreprises. C'est simple et efficace. La défiscalisation des heures supplémentaires sera alors répercutée automatiquement sur les fiches de paie.

Cette réforme sera bonne pour les entreprises, les salaires et la croissance économique du pays. Les entreprises géreront plus efficacement les périodes de forte demande. Les salariés seront encouragés à allonger leur temps de travail, augmentant ainsi leur pouvoir d'achat.

La mesure contribuera à la stimulation de la croissance économique. Parce que non seulement elle encouragera les personnes à travailler plus, mais elle stimulera la productivité et la flexibilité dans l'économie.

Mesure 8 : Donner aux Français la liberté de choisir leur couverture santé

Constat : notre système de santé est coûteux parce qu'il est monopolistique. Actuellement, le modèle français est monolithique, vertical et homogène. Tous les assurés sont traités de la même manière. Rigide et peu adaptable aux besoins spécifiques locaux ou individuels, il offre peu de flexibilité dans la gestion des cas particuliers et n'est pas incitatif aux comportements vertueux. Sans concurrence, il n'est pas incité à optimiser ses coûts, innover et améliorer la qualité de ses services.

Or, les salariés français ont l'obligation, quand ils prennent un emploi, d'être affiliés à la Sécurité sociale. L'entreprise prélève alors sur leur salaire une cotisation qui est versée à la Caisse nationale d'assurance maladie.

L'avantage de ce système est clair et bien établi. En contrepartie de cette cotisation payée par le salarié et par l'entreprise, le salarié reçoit le droit d'un accès aux soins, soit de la médecine libérale soit de la médecine des hôpitaux.

Son inconvénient est qu'il déresponsabilise les assurés qui considèrent que tout, ou presque, est payé par le système. Ils n'ont rien à faire en échange. Ils ne reçoivent aucune incitation à améliorer leur santé. Un fumeur n'est pas incité à fumer moins ; un amateur de plats sucrés n'est pas incité à consommer moins de sucre.

L'autre inconvénient du système est que les caisses régionales d'assurance maladie sont en situation de monopole. Elles n'affrontent aucune concurrence et ne subissent pas de pression pour améliorer leur productivité et leur créativité pour leurs services clients. La mise en concurrence est toujours extrêmement saine pour faire des économies.

Un troisième inconvénient est que ce système surfiscalise le travail qualifié, avec un taux de cotisation de 7 % jusqu'à 2,3 SMIC et de 13 % au-delà sans plafond, acquitté par l'employeur.

D'autres pays, face aux mêmes défis, ont mis en place un système dans lequel il y a une concurrence entre les organismes de couverture santé, et, de ce fait, une liberté donnée aux citoyens de choisir la couverture santé qui leur convient le mieux et un plafonnement de la cotisation individuelle.

En Suisse, l'assurance maladie est obligatoire, mais les citoyens ont la liberté de choisir parmi une variété de fournisseurs d'assurances privés. Ils peuvent changer de fournisseur chaque année, ce qui leur permet de choisir une couverture qui correspond le mieux à leurs besoins de santé du moment.

En Allemagne, le système de santé est mixte. Les salariés peuvent choisir, au-delà d'un seuil de revenu, entre l'assurance maladie publique obligatoire et des assurances privées.

Au Royaume-Uni, les citoyens ont la possibilité de souscrire à des assurances santé privées. Ces assurances peuvent offrir des avantages comme un accès plus rapide à certains traitements et des soins dans des hôpitaux privés, complétant ainsi les services offerts par le service public.

Enfin, en Nouvelle-Zélande, la privatisation de la Sécurité sociale au profit de trois compagnies d'assurances privées a non seulement offert aux citoyens la liberté de choisir leur propre assureur, mais elle a surtout opéré un changement fondamental des comportements.

Les compagnies d'assurances ont sollicité le Parlement pour réviser les tarifications, proposant des surcharges pour les individus aux comportements à risque tels que la toxicomanie, afin de soulager financièrement les autres assurés.

Ces assureurs ont promu le principe que « la santé est une responsabilité individuelle », incitant à une prise en charge personnelle accrue de la santé. Ils ont encouragé les examens médicaux annuels et ont innové en introduisant des pratiques telles que les accouchements à domicile. Plus important encore, les hôpitaux se sont spécialisés, ce qui a augmenté leur efficacité – moins d'attente pour avoir un rendez-vous – et réduit les dépenses.

La mise en œuvre de ce type de politique nécessite une collaboration étroite entre les autorités de santé publique, les assureurs, les employeurs et les représentants des salariés. Des plateformes en ligne permettent la comparaison et le choix des différentes offres d'assurance. Des mesures sont encouragées pour inciter les assureurs à proposer des plans diversifiés et compétitifs.

Proposition : Donner aux Français la liberté de choisir leur couverture santé. Plusieurs avantages découlent de cette approche qui permet d'être mieux couvert en payant moins.

Le premier avantage est la liberté pour les salariés de choisir leur propre couverture santé. C'est une mesure qui vise à personnaliser et optimiser les soins médicaux pour chacun et à augmenter simultanément son pouvoir d'achat. Elle pousse les particuliers à s'engager chacun dans la gestion de sa santé, ce qui réduit les coûts globaux pour le système de santé.

Deuxième avantage, le citoyen a le choix entre s'assurer à 100 % ou s'assurer à moins de 100 %. Mais il ne faut pas que le citoyen soit à 0 %. Naturellement, tout le monde sera assuré, via un plancher minimal d'assurance obligatoire. Personne ne sera laissé au bord de la route. Les assureurs auront des obligations de couverture quoi qu'il arrive.

Troisième avantage, les gains de productivité et de créativité des organismes. Ce dispositif encouragera une concurrence saine entre les fournisseurs d'assurances pour offrir de meilleures prestations et des coûts plus avantageux.

Par ailleurs, hôpitaux et cliniques seront ainsi challengés par les assureurs qui choisissent les meilleurs aux meilleurs coûts. Mécaniquement, ils seront mieux gérés pour être retenus comme prestataires par les assureurs qui proposeront des prix plus attractifs pour les assurés qui ne fument pas et font de l'exercice physique.

Les aides seront réduites pour ceux qui se droguent et fument. Comment ? On exigera des visites médicales et des tests des assurés, faute de quoi leurs prestations seront réduites.

Parallèlement, le ticket modérateur sera augmenté à 18 euros (contre 9 euros actuellement) et les trafics de cartes Vitale fermement combattus.

Les gains seront multiples et immédiats : les dépenses de maladie coûteront moins cher dans les dépenses des individus ; l'augmentation du ticket modérateur libérera les urgences et les visites de confort ; enfin, le contrôle des cartes Vitale diminuera le coût global de la santé.

Mesure 9 : Laisser la liberté à l'entreprise de proposer à ses salariés le choix entre les deux statuts de salarié classique ou indépendant

Constat : le statut de salarié classique offre une couverture santé, chômage et retraite, la plus large possible, mais elle lui coûte très cher. Nous avons en France trois systèmes contractuels : 1) le régime salarié qui est le plus protecteur mais aussi le plus coûteux ; 2 000 euros nets de salaire vont nécessiter environ 1 600 euros de cotisations sociales salariales et patronales soit environ 80 % du salaire net ; 2) le régime des non-salariés est celui des travailleurs indépendants, des professions libérales et des gérants dits majoritaires. Pour 2 000 euros de rémunération nette, le montant est de 700 euros de charges sociales et salariales soit 900 euros d'écart avec le régime salarié ; 3) le régime des autoentrepreneurs dont le taux est de 23 % pour un total plafonné à 38 000 euros de chiffre d'affaires. Dans notre exemple, 2 000 euros nets vont générer 460 euros de cotisations.

En partant d'un salaire brut chargé de 3000 €, voici ce qu'il reste au travailleur dans les 3 cas :

Avec 3 000 € de coût total employeur :

– En régime salarié, après environ 1 330 € de cotisations sociales (patronales et salariales), le revenu net s'élève à environ 1 670 €.
– En régime non salarié, les charges sont plus légères (environ 27 %), ce qui permet d'obtenir un revenu net d'environ 2 190 €.
– En régime autoentrepreneur, avec un taux de 23 %, le revenu net atteint environ 2 310 € (hors plafonds et contraintes spécifiques).

Ainsi, à coût égal pour l'entreprise ou le client (3 000 €), le revenu net varie fortement selon le statut : 1 670 € en salarié, 2 190 € en indépendant, et 2 310 € en autoentrepreneur.

Si les protections des trois statuts ne sont pas les mêmes, dans les faits, elles ne sont pas si éloignées les unes des autres si l'on compare le régime des salariés et des non-salariés. La principale différence est l'absence d'assurance chômage et une couverture retraite un peu moins généreuse. La couverture maladie est, elle, assez proche.

Proposition : Laisser la liberté à l'entreprise de proposer, ou pas, à ses salariés le choix entre les deux statuts de salarié classique ou indépendant. Dans notre société qui prône la liberté et les droits individuels, il apparaît curieux que tout soit fait pour que le salarié se voie – presque – exclusivement proposer – imposer – le statut classique.

Or, d'une part, il y a de plus en plus de métiers, notamment dans les services, qui se prêtent au statut d'indépendant ; par exemple, les informaticiens, les infirmiers, les techniciens et les ingénieurs, etc. D'autre part, les générations se suivent et ne se ressemblent pas : les plus jeunes revendiquent d'être indépendants pour travailler où, quand et comment ils le veulent.

Par ailleurs, l'avantage de cette indépendance est qu'elle permet un salaire net plus élevé parce qu'il y a moins de charges à payer, et une gestion plus personnalisée et potentiellement plus avantageuse des finances, notamment à travers les déductions fiscales pour les dépenses professionnelles.

En laissant la liberté de choix au salarié, on rend le travail plus attractif, on responsabilise ce dernier, on améliore l'efficacité et on assure la pérennité de notre système de santé et de protection sociale.

Mesure 10 : Favoriser l'actionnariat salarié dans toutes les entreprises

Constat : L'actionnariat salarié n'est pas assez développé. Les coopératives ouvrières ont commencé à apparaître en France au milieu du XIXe siècle. C'était à l'époque la volonté de montrer que des entreprises possédées par l'ensemble du personnel pouvaient très bien fonctionner dans un système concurrentiel. Depuis, on a créé l'intéressement puis la participation. L'objectif commun : partager les bénéfices de l'entreprise entre les actionnaires et les salariés.

L'étape suivante est l'actionnariat salarié. Il permet au personnel de devenir actionnaire de l'entreprise dans laquelle il travaille. Avantages : il participe non seulement à la stratégie d'entreprise, mais aussi à la création de sa valeur à long terme. Les salariés se sentent, surtout, plus impliqués et engagés.

En France, l'actionnariat salarié est concentré dans les grandes entreprises ; 4 % pour les 40 entreprises françaises les plus importantes cotées à la Bourse de Paris (le CAC 40). Pour les autres, les petites et moyennes entreprises, le taux moyen y est encore faible – environ 2 % contre 3 % en Europe et 9 % aux États-Unis.

Il faut dire que la mentalité française n'est pas capitalistique. Presque tous les acteurs économiques ont une certaine méfiance par rapport à l'actionnariat salarié : les responsables politiques voient un système dans lequel l'employé risque de perdre à la fois son emploi et ses économies ; les syndicats considèrent que « le risque c'est pour le patron ! » ; les entreprises familiales estiment que porter le risque capitalistique est leur responsabilité, et qu'il ne faut pas trop diluer le capital ; enfin, certains investisseurs craignent que, si les employés ont une trop grosse part dans l'entreprise et siègent au conseil d'administration, ils fassent prendre des décisions plus favorables aux salariés qu'aux actionnaires.

Néanmoins, les choses bougent. Petit à petit, se développe la prise de conscience que les entreprises à fort actionnariat salarié réussissent, sur le long terme, mieux que les autres.

Les progrès viennent aussi des grands groupes français cotés. Ils ne le font pas par générosité, ils le font par intérêt global, en alignant davantage l'intérêt des salariés et celui des actionnaires. Un bon nombre ont réussi à faire monter significativement le personnel au capital. Les records sont tenus par Bouygues à 22,7 %, Eiffage à 20,5 % ; autour de 10 % il faut mentionner TF1, Vinci, Société générale, Cap Gemini et Saint-Gobain.

Les chefs d'entreprise à fort actionnariat salarié peuvent témoigner qu'une participation du personnel au capital est une formidable source de motivation pour les salariés, parce qu'ils entrent au conseil d'administration et participent en tant qu'administrateurs à la définition de la stratégie. En termes d'information sur la stratégie, l'ensemble des employés est bien mieux renseigné sur ce qui se passe que dans une entreprise sans actionnaire salarié.

Il y a aussi un autre phénomène très sensible : dès que les actions détenues par le salarié représentent plus de la moitié de ses biens, l'employé n'est plus un employé actionnaire, il devient un actionnaire employé ; ça change son attitude par rapport à l'entreprise.

Un fort actionnariat salarié crée donc un changement d'ambiance dans l'entreprise, le patron devient responsable de l'argent de ses employés qui peuvent lui dire : « Qu'as-tu fait de l'argent qu'on t'a confié ? »

Discutez avec les retraités qui ont joué l'actionnariat salarié sur une longue période, vous verrez que les investissements qu'ils ont faits tout au long de leur vie leur permettent de doubler, voire tripler leur retraite.

Par ailleurs, regardons ce qui se passe à l'étranger. Le cas le plus emblématique est Singapour qui a appuyé ses retraites sur deux fonds, GIC et TEMASEK. Ces fonds capitalisent respectivement 750 milliards et 500 milliards, soit 1 250 milliards pour un pays dont le PIB avoisine 600 milliards. Imaginez ce que serait la retraite en France si nous avions un fonds de 6 000 milliards.

Comme il y a un risque, la décision doit être personnelle, elle ne peut pas être forcée, encore faut-il prévenir les gens de cette possibilité. Notons qu'aux États-Unis la loi impose aux salariés de ne pas détenir plus de 50 % de leur patrimoine dans leur entreprise ; c'est une façon de réduire le risque.

Le général de Gaulle, qui n'était pas un chef d'entreprise, a eu tout de même une intuition superbe avec l'intéressement et la participation. L'actionnariat salarié en est la suite naturelle.

Il permet de franchir deux étapes très importantes : l'association aux décisions du personnel et la capacité de renforcer considérablement sa retraite. Naturellement, il ne faut pas oublier le secteur public dans cette affaire et permettre aux fonctionnaires d'étendre leur épargne au-delà de ce qui existe déjà comme nous l'avons vu dans la mesure 3 : Développer le recours à la capitalisation.

Proposition : Favoriser l'actionnariat salarié dans toutes les entreprises. Nous recommandons donc 2 mesures :

La première : laisser la liberté à toutes les entreprises, quelle que soit leur taille, de mettre en place un dispositif d'actionnaire salarié et au salarié d'y souscrire.

La seconde : mettre en place une fiscalité dégressive pour récompenser la détention de longue durée afin d'encourager ceux qui font ce choix et prennent un risque. En effet, l'actionnariat salarié est conçu pour la retraite. On vend petit à petit ses actions pour compléter ses revenus qui ont baissé.

Un salarié qui économise chaque année 5 % de son salaire et le met dans un fonds d'actions est en position d'augmenter sa retraite de 60 % après 45 ans de travail si la rentabilité a été de 5 %. Il fait plus que la doubler si la rentabilité est à 7 %.

Mesure 11 : Autoriser une prime globale défiscalisée

Constat : il faut mieux associer les salariés aux résultats de leur entreprise. Toutes nos mesures ont pour objectif de donner du pouvoir d'achat aux Français. Or, nous constatons que les outils actuellement disponibles dans les entreprises pour partager les bénéfices, participation, intéressement et épargne salariale, sont peu utilisés en raison de leur complexité. Ou de leur fiscalité, comme ce fameux forfait social à 20 % qui taxe l'intéressement, la participation et certains abondements de l'employeur, alors qu'il était à 0 % jusqu'en 2009.

Il est donc temps de les moderniser, de les simplifier et de les généraliser, en laissant la liberté au chef d'entreprise de mettre en œuvre, ou pas, une prime.

Proposition : Autoriser une prime globale défiscalisée. Ce sera un levier économique triplement gagnant : pour les salariés, les entreprises, et la nation.

En effet, notre idée de prime de partage des résultats (PPR) remplacerait la participation et l'intéressement, avec trois objectifs clairs : augmenter le revenu net des salariés de 1 à 3 mois nets par an et par salarié, sans charges sociales ni impôts; encourager la performance collective et la mobilisation des équipes; améliorer la compétitivité sans augmenter le coût du travail.

Les effets attendus de cette réforme sont importants : hausse du pouvoir d'achat sans hausse du SMIC ; accroissement de la motivation des salariés et des employeurs ; productivité et compétitivité accrues ; baisse du *turn-over* et hausse de l'attractivité des PME.

Gagner plus grâce à la croissance

Desserrer les contraintes qui pèsent sur les employeurs et les entreprises, retrouver le goût du risque, augmenter les libertés nourrit la confiance et la croissance qui favorisent la création de richesse pour tous.

Mesure 12 : Relancer la construction de logement

Constat : la construction est bloquée. Les chiffres sont alarmants : près de 4 millions de personnes sont mal logées[1] ; les prix de l'immobilier montent, renforçant les inégalités patrimoniales et pesant sur le pouvoir d'achat des ménages – le logement représente 30 à 40 % du budget net d'un ménage, ce qui est bien évidemment énorme ; la construction de logements sociaux diminue.

Plusieurs facteurs expliquent cette situation : une pression fiscale sur les propriétaires, notamment l'impôt sur la fortune immobilière (IFI), qui décourage l'investissement dans l'immobilier ; l'excès de

1. Selon la fondation Abbé-Pierre.

normes environnementales contraignantes, telles que le diagnostic de performance énergétique (DPE), contre-productives ; la bureaucratie et l'interventionnisme étatique qu'on pourrait presque qualifier de collectiviste, qui touche à la caricature et qui paralyse le pays.

Proposition : Relancer la construction de logements. Nos propositions sont inspirées de celles de David Lisnard[1], maire de Cannes et président de l'Association des maires de France – qui sont en première ligne pour le logement.

Les voici :

- défense du droit de propriété, qui est essentiel pour garantir la liberté individuelle et la dignité des citoyens ;
- allégement de la fiscalité, en réduisant les impôts sur les revenus locatifs et en supprimant l'impôt sur la fortune immobilière sur la résidence principale pour encourager l'investissement immobilier ;
- simplification des normes, afin de faciliter et d'accélérer la construction et la rénovation de logements ;

1. La liste figure dans son dernier livre, *Ainsi va la France*, aux Éditions de l'Observatoire.

– libéralisation du marché du logement, par une approche fondée sur l'offre et la demande, en partant du principe que l'augmentation de l'offre de logements permettra de réguler les prix.

Les gains nets attendus pour les Français représenteront plusieurs centaines à plusieurs milliers d'euros par foyer concerné. S'ajoutera l'effet positif sur la croissance, l'emploi et le pouvoir d'achat et la relance de construction de logements.

Mesure 13 : Créer 3 nouveaux instruments financiers pour acheter son logement

Constat : l'accession à la propriété en France se heurte à plusieurs obstacles majeurs. Ceux-ci limitent la capacité des ménages, notamment les plus jeunes et les moins aisés, à devenir propriétaires de leur logement. La raison principale : la hausse continue des prix de l'immobilier par rapport à leurs revenus. Un phénomène qui est démultiplié dans les zones urbaines où la demande est la plus forte.

D'autre part, le modèle de financement actuel des acquisitions immobilières en France coûte très – trop – cher aux ménages : jusqu'à 30 % de leurs revenus servent à rembourser leur prêt.

Typiquement, ce modèle prévoit le remboursement du capital et des intérêts dès les premières années, ce qui alourdit considérablement leurs charges mensuelles.

Proposition : Créer 3 nouveaux instruments financiers pour acheter son logement. Le premier est inspiré de la Suisse. Il permet à l'acheteur de ne jamais rembourser le capital. Quand il achète un logement, l'acheteur fait un apport de 20 % de la valeur du logement. Ensuite, il ne paie à sa banque que les intérêts et pas le capital. Les Suisses dépensent ainsi moins chaque mois pour leur logement, et ont donc plus de pouvoir d'achat. En revanche, quand l'acheteur vend son logement, il touche le capital qui lui permet de rembourser la banque ou de racheter un bien immobilier.

Le deuxième instrument est un coinvestissement entre le particulier et un investisseur professionnel. L'accession à la propriété est dans ce cas progressive. Dans ce modèle, un investisseur professionnel (qui peut être une institution financière, un fonds d'investissement immobilier, ou une entité publique) achète une partie du logement en question. Le particulier acquiert le reste. Par exemple, si un appartement coûte 200 000 euros, l'investisseur peut financer 40 % du prix (80 000 euros), tandis que l'acquéreur couvre les 60 % restants (120 000 euros).

Puis, le particulier a la possibilité de racheter progressivement les parts de l'investisseur au fil du temps. Ce mécanisme permet au particulier d'augmenter sa participation dans la propriété jusqu'à en devenir le propriétaire unique.

En cas de revente de la propriété, les plus-values sont partagées proportionnellement entre le particulier et l'investisseur selon leurs parts respectives.

Le troisième instrument est que l'État vende ses logements à très bas prix à ses locataires. À court terme, les propriétaires entretiennent mieux les parties communes de leurs immeubles. À long terme, cela offre, notamment aux personnes les plus modestes, de disposer d'un capital qui leur permettra, après avoir vendu leur logement, de payer une place dans une maison de retraite.

Mesure 14 : Réindustrialiser le pays en le rendant de nouveau attractif

Constat : le secteur de l'industrie en France est trop faible. Il est inférieur à celui des pays européens les plus performants. L'industrie manufacturière représente seulement 10 % de notre PIB contre 14 % en Italie, 15 % en Suède, 20 % en Suisse et 20 % en Allemagne. Pourquoi ?

Entre 1985 et 2015, une partie du patronat et des autorités publiques ont considéré qu'il fallait laisser l'industrie aux pays étrangers à bas coûts et se concentrer sur le secteur des services avec des emplois qualifiés. Bilan : on a fermé la moitié de nos usines et supprimé 2,2 millions d'emplois. Une hécatombe ; non, un massacre.

Par comparaison, il y a aujourd'hui 7,5 millions d'emplois dans l'industrie allemande contre 2,7 millions dans l'industrie française. Les Allemands ont continué d'investir dans les industries de l'automobile, de la chimie, des machines-outils, de la robotique et de bien d'autres secteurs en montant en gamme. Nous, *a contrario*, nous avons découragé nos industriels, pas utiles, pollueurs, exploitant de pauvres ouvriers, profiteurs… Mais quand un pays n'aime pas ses entreprises, elles se démotivent et finissent par partir. C'est ce qui s'est passé pendant de trop longues années en France avec l'industrie. On ne nous aime pas, on part !

Ajoutons que certains syndicats français, contrairement à leurs homologues allemands que nous avons rencontrés, ont longtemps fait preuve d'une irresponsabilité économique en privilégiant des postures idéologiques rigides au détriment d'un dialogue constructif pour l'emploi, la compétitivité et la pérennité des usines sur le sol français.

La désindustrialisation a des conséquences importantes pour notre économie, malgré l'idée qu'elle serait compensée par le développement des services. Or, si ces derniers augmentent en volume, en revanche, ils sont faibles en valeur ajoutée, en innovation et en exportation.

A contrario, on observe une relation forte entre l'industrie et le potentiel de croissance des revenus par habitant d'un pays. Cela s'explique par le fait que l'industrie entraîne avec elle tout un écosystème important, fournisseurs, sous-traitants, R&D. L'industrie est une locomotive. Elle offre des perspectives de carrière diversifiées. Elle stimule l'économie par la création d'emplois indirects dans les services et la logistique. Elle profite aux salariés qualifiés et semi-qualifiés. Elle paie mieux en moyenne que dans le secteur des services et du commerce les jeunes entrant sur le marché du travail. Elle stimule l'innovation et le développement technologique, notamment dans l'économie verte. Elle permet d'atteindre le plein emploi. Elle renforce notre indépendance économique face aux chocs externes et aux crises internationales. Elle conforte notre souveraineté économique dans certaines filières, sécurité, défense, santé…

Des pays comme l'Allemagne, la Suisse, l'Autriche, l'Italie, le Japon et le Canada ont réussi à maintenir un secteur industriel manufacturier robuste grâce à des politiques de soutien actif à l'innovation, à la formation professionnelle et à l'investissement dans les infrastructures. Et, contrairement à ce que l'on croit, l'automatisation élevée des processus ne détruit pas de l'emploi, mais en crée, par l'augmentation des parts de marché, liée à une excellence opérationnelle mieux maîtrisée. Ces pays prouvent que des industries compétitives peuvent coexister avec des normes environnementales et sociales relativement élevées. Ils montrent aussi qu'une industrie forte est le fait de pays développés, soutenue durablement par leurs gouvernements, battant en brèche l'idée qu'un secteur industriel développé rime avec pays pauvre.

Le PIB par habitant est supérieur en Allemagne notamment en raison de la place de son industrie. Soit 48 750 euros outre-Rhin contre 38 550 euros en France en 2023 – alors que le PIB des deux pays était comparable en 2000.

Pourtant, l'empreinte de l'industrie française dans le monde est importante. Il y a 3 millions de Français expatriés ! Un chiffre qui fait de la France l'un des pays qui disposent d'une diaspora parmi les plus qualifiées au monde.

À l'inverse, la « terre France » n'attire pas assez d'industriels étrangers créant de l'emploi sur notre sol parce qu'on taxe trop la production locale et les salaires.

Quant à la désindustrialisation, souvent concentrée dans certaines régions, elle est mortifère. Elle crée des problèmes sociaux et économiques importants. Le chômage de longue durée s'installe ; les compétences des salariés disparaissent. C'est « *no future* ».

Proposition : Réindustrialiser le pays en le rendant de nouveau attractif. Pour revitaliser l'économie nationale, pour créer des emplois stables et durables, pour permettre au territoire de retrouver de l'activité, pour recréer des écosystèmes locaux spécialisés dans telle ou telle filière industrielle.

Alors, réindustrialiser la France, ça veut dire quoi concrètement ? Ce n'est pas qu'il y ait des usines partout et que l'industrie représente la moitié de notre richesse nationale.

Notre objectif est de nous réindustrialiser par une politique ambitieuse, agressive et volontariste. De passer, dans un premier temps, de 10 % à 15 % du PIB – moyenne européenne – en 25 ans, soit une génération. On verra ensuite si on peut faire mieux.

Comment : en développant les filières d'excellence existantes, le soutien des nouvelles filières (*data center*, environnement, transports verts, IA…)

et l'investissement (défense, aéronautique, énergie, santé, luxe...) de sociétés françaises, mais aussi étrangères attirées par ce nouvel eldorado.

Pour y parvenir nous avons des bases solides, des acteurs reconnus à l'international dans tous les secteurs industriels, des PME et des ETI très performantes – malheureusement pas assez nombreuses, si nous nous comparons à nos voisins. Si nous rendons le territoire français plus compétitif et plus attractif, nous pouvons recréer de nouvelles usines et de nouveaux emplois industriels.

Néanmoins, réindustrialiser la France ne sera pas facile. Les enjeux sont lourds. Les industriels prennent du temps avant de décider de construire une usine. Réinvestir dans une région qui a perdu son tissu industriel ne se fait pas par un claquement des doigts. Les acteurs du secteur préfèrent s'installer là où il existe déjà des zones industrielles actives. Ils y trouvent plus facilement les compétences humaines et techniques dont ils ont besoin. Faire renaître un bassin industriel demande de la volonté économique, sociale et politique, dans la durée.

Notons que, si les entreprises françaises sont plus compétitives, sont plus profitables, sont moins gênées par les réglementations de toutes sortes, elles investiront plus en France. *Idem* pour les industriels et les investisseurs étrangers qui pourront alors choisir la France pour leurs investissements qui s'inscrivent sur le temps long voir très long (30 à 50 ans).

Il y a deux grandes conditions à la réindustrialisation : la première condition est que les entreprises industrielles françaises soient plus prospères et aient les moyens d'investir ; la seconde est qu'il soit plus attrayant d'investir en France demain qu'aujourd'hui pour les entreprises françaises et étrangères. Il faut notamment simplifier le maquis administratif, conserver une stabilité fiscale dans le temps, ne pas avoir un coût du travail exorbitant et faire disparaître les impôts de production.

Mesure 15 : Supprimer les impôts de production

Constat : avec un taux de 3,8 % d'impôts de production, les Français alourdissent une nouvelle fois le jockey France. Ils sont parmi les plus importants d'Europe. Ces impôts concernent tous les secteurs, industrie comme services. Ils sont calculés sur la base du chiffre d'affaires des entreprises, la surface des bâtiments et la valeur des machines utilisées. Plus l'entreprise se développe, plus ces impôts croîtront… Ils augmentent ainsi les coûts de production, réduisent la compétitivité des entreprises, dissuadent les investissements et, *in fine*, la création d'emplois.

Ce sont des impôts injustes et idiots. En période de faible croissance économique, cela revient à accrocher aux pieds des industriels des boulets. Ces impôts sont donc absurdes ! Ils pèsent lourdement sur les entreprises françaises, les rendant moins compétitives par rapport à leurs concurrents.

Cette situation est héritée de l'histoire. Quand le législateur et les gouvernements ont créé ces impôts, notre économie était prospère ; ils étaient presque indolores. Néanmoins, ils ne se sont pas rendu compte de l'absurdité de ce qu'ils faisaient. En imposant les entreprises françaises, ils incitaient celles-ci à aller produire à l'étranger où les impôts de production étaient beaucoup plus faibles, voire n'existaient pas.

La France, avec un taux de 3,8 %, est championne du monde de la catégorie ! Tandis que la Suisse présente le taux le plus bas à 0,5 %. Ne faut-il pas en tirer des enseignements ? En baissant le taux de ces impôts par exemple

Proposition : Supprimer les impôts de production. Ces derniers représentent plus de 100 milliards d'euros ! Une somme astronomique sur le dos des industriels.

Cette réforme aura les avantages suivants : elle baissera les coûts fixes de production, boostera les secteurs industriels, stimulera l'investissement dans l'innovation, améliorera la compétitivité de nos entreprises sur le marché international. Elles offriront des prix plus compétitifs, accroîtront leurs parts de marché et renforceront leur capacité à se développer. Les entreprises offriront de meilleurs salaires, amélioreront les conditions de travail et embaucheront plus de personnel.

Cela attirera des investissements étrangers, et encouragera les entreprises françaises à réinvestir localement plutôt que de délocaliser leurs activités.

L'élimination des impôts de production en France est une mesure de pur bon sens. Elle transformera le paysage économique, stimulera l'activité et soutiendra la croissance à long terme.

Mesure 16 : Développer l'apprentissage

Constat : le niveau de l'apprentissage en France peut encore être développé. Pourquoi ? Parce que l'apprentissage est un mode de formation vertueux qui a fait ses preuves tant chez nous que chez nos voisins européens où il est le plus dynamique.

Plusieurs raisons expliquent la puissance de l'apprentissage : il permet aux apprentis d'avoir une expérience professionnelle concrète tout en poursuivant leur éducation ; il facilite l'intégration dans le monde du travail, car il offre une transition en douceur entre l'école et l'emploi en exposant les jeunes à l'environnement de travail tout en les encadrant.

Il permet aux jeunes apprentis de comprendre très tôt l'entreprise, ses modes de fonctionnement, sa hiérarchie, ses valeurs, et les relations sociales, et de s'intégrer en douceur dans le monde du travail.

L'apprentissage permet enfin d'apprendre un métier de la meilleure façon qui soit, c'est-à-dire sur le terrain et en pratiquant ce métier avec des tuteurs ou des *coachs* expérimentés.

Benjamin Franklin l'avait bien compris lorsqu'il disait :

« Tu me dis ? J'oublie.

« Tu m'enseignes ? Il se peut que je comprenne.

« Tu m'impliques ? J'apprends. »

D'un point de vue économique, l'apprentissage est également bénéfique pour les employeurs et l'économie globale. Les entreprises qui investissent dans l'apprentissage ont la possibilité de former des salariés selon leurs besoins, ce qui réduit les coûts de recrutement et de formation à long terme. Cela crée un alignement stratégique entre les compétences de la main-d'œuvre et les exigences de l'industrie, favorisant ainsi une économie plus compétitive et dynamique.

Sur le plan social, l'apprentissage offre une alternative éducative viable en aidant à intégrer des individus qui pourraient ne pas réussir dans les systèmes éducatifs traditionnels. En permettant à plus de jeunes d'acquérir des compétences et de l'expérience professionnelle, l'apprentissage contribue à diminuer le taux de chômage des jeunes et à prévenir l'exclusion sociale. D'ailleurs, nous pensons que les activités purement intellectuelles ne sont pas supérieures aux travaux manuels ; que l'« intelligence de la main » est une forme de savoir à part entière, souvent sous-estimée, mais tout aussi précieuse. Elle mobilise rigueur, créativité, mémoire du geste et capacité d'adaptation. Valoriser l'apprentissage, c'est reconnaître cette intelligence incarnée, et redonner ses lettres de noblesse à des métiers essentiels, souvent délaissés, mais qui fondent la solidité d'une société.

Les Suisses, encore eux, ont développé et conservé un système d'apprentissage extrêmement performant, puisque 70 % des jeunes de 17 ans sont en apprentissage avec des résultats macroéconomiques hors pair : 2 à 3 % de chômage des jeunes (20 % en France), 20 % du PIB dans l'industrie manufacturière (10 % en France), et une filière d'apprentissage considérée comme une filière d'excellence dans la population et dans tout le pays puisque les apprentis peuvent devenir ingénieurs puis accéder souvent à des postes de direction générale. Ou ils peuvent aussi se mettre à leur compte et créer leur entreprise autour de leur expertise (maçon, plombier, électricien, etc.).

Même si de beaux efforts ont été faits en France depuis 10 ans, puisque nous sommes passés de 200 000 apprentis lorsque j'ai été élu au Medef en 2013 à environ 1 million d'apprentis en 2023, ce n'est pas suffisant et il reste encore beaucoup à faire, notamment dans les métiers professionnels (hors cadre).

Proposition : Développer l'apprentissage. Nous proposons deux objectifs ambitieux : atteindre le niveau de l'Allemagne, soit 15 % de la population âgée de 15 à 24 ans[1], contre 13 % en France.

---

1. En France, pour l'année 2022, la population de cette tranche d'âge représente environ 7,249 millions de personnes. Sachant qu'il y avait environ 970 000 apprentis en France en 2022, cela représente environ 13,4 % de la classe d'âge concernée. Pour l'Allemagne, la population de 15 à 24 ans est d'environ 8,73 millions. Avec 1,3 million d'apprentis recensés

Par ailleurs, nous recommandons que la France réduise sa dépense par apprenti au niveau de l'Allemagne. Cela représenterait un budget total d'environ 7,9 milliards d'euros par an — soit une économie de 12 milliards d'euros par rapport aux 20 milliards actuels (2023). Les Allemands ne dépensent en effet que 8 milliards d'euros par an pour leurs apprentis, alors que nous Français en dépensons 20, soit 12 milliards de plus.

Plusieurs raisons expliquent que la France dépense plus par apprenti que l'Allemagne. Tout d'abord, l'Allemagne a conservé et développé son industrie (20 % du PIB), contrairement à la France qui l'a malmenée (10 % du PIB). Les besoins d'apprentis en Allemagne sont donc plus naturellement aspirés par la demande et environ deux fois plus nombreux à population égale.

Conséquence, l'État français a mis en place une série de mesures incitatives, notamment des primes exceptionnelles et des subventions élevées pour l'embauche d'apprentis, ce qui n'est généralement pas le cas en Allemagne. Bilan : les coûts par apprenti sont plus bas outre-Rhin malgré un plus grand nombre d'apprentis… La solution ultime passera donc de

---

en 2022, cela correspond à environ 14,9 % de cette tranche d'âge.

nouveau par la réindustrialisation du pays, et une demande naturelle d'apprentis qui augmentera.

Mesure 17 : Développer la Recherche & Développement

Constat : la France y consacre 2,30 % de son PIB contre 2,19 % en moyenne au sein de l'Union européenne. C'est un bon début, mais nous pouvons – nous devons – mieux faire. Notons que le Japon, les États-Unis et la Corée du Sud dépensent respectivement 3,3 %, 3,5 % et 4,9 % de leur PIB en R&D, soit bien plus que l'Europe.

Concrètement, la R&D produit des progrès technologiques et souvent des brevets. Elle renforce la solidité des entreprises, elle attire les meilleurs ingénieurs, elle assure les profits de demain. En France, Stellantis, constructeur automobile (Peugeot, Citroën, Fiat…), Safran, groupe spécialisé dans l'aéronautique et la défense, L'Oréal, empire des cosmétiques, déposent chaque année des centaines de brevets. Tous ces groupes sont des leaders mondiaux.

Favoriser la R&D encourage dans un premier temps les chercheurs et les ingénieurs. Puis, dans un deuxième temps, l'ensemble de la société bénéficie des retombées de la R&D sous forme de nouveaux produits, services, et améliorations de la qualité de vie. Enfin, l'État qui prélève des impôts.

Proposition : Développer la Recherche & Développement. La R&D est vitale. Sans R&D, « *no future* » de nouveau. En partant à 2,30% du PIB, notre ambition est d'atteindre le niveau de l'Allemagne, 3 %, ou de la Suisse, 3,44 %. Cet objectif est très lié à la réindustrialisation. On peut concilier industrie et salaires élevés si on est innovant. Si nous ne pouvons pas concurrencer le Vietnam, l'Indonésie ou la Chine sur des produits de bas de gamme, nous le pouvons sur les produits haut de gamme.

De nombreuses mesures existent pour financer la R&D. Il faut les renforcer pour stimuler l'innovation technologique et scientifique. Cela renforce notre économie nationale en positionnant le pays comme un leader dans certains secteurs technologiques clés à l'échelle mondiale.

Par conséquent, s'il ne devait y avoir qu'une seule aide aux entreprises à garder, ce serait les aides à l'innovation, au premier rang desquelles le CIR (Crédit d'impôt recherche).

Nous recommandons donc, pour soutenir la Recherche & Développement, de conserver cet outil précieux du Crédit d'impôt recherche. Il permet aux entreprises d'obtenir un remboursement ou une réduction d'impôts pour les dépenses engagées dans la Recherche & Développement. Cette aide peut atteindre 30 % des dépenses éligibles, ce qui représente une réduction importante des coûts pour les entreprises investissant dans l'innovation. Cette économie peut être réinvestie dans d'autres projets ou contribuer à améliorer la compétitivité de l'entreprise.

Les études montrent qu'un euro de CIR génère entre 1,20 € et 3 € de dépenses supplémentaires en R&D par les entreprises bénéficiaires.

Le maintien du CIR ne peut être le seul moteur du soutien à la Recherche & Développement en France. Une réduction du poids de l'État et de l'administration, le bol d'air que nous voulons donner à l'économie française, contribuera aussi à ce que les entreprises françaises investissent plus en Recherche & Développement.

Mesure 18 : Réduire les aides aux entreprises

Constat : les aides aux entreprises soutiennent mais coûtent aussi aux finances publiques. Nous faisons trois constats : le premier est que le montant des aides aux entreprises en France est à la fois très important et fait l'objet de débats. Il varie du simple au double en fonction des sources. Par exemple, il est de 64 milliards d'euros, selon l'Inspection générale des finances. Nous prendrons ici 100 milliards d'euros pour simplifier notre raisonnement.

Le deuxième constat est que, selon l'Institut économique Molinari[1], 81,4 % des subventions d'État vont aux entreprises publiques.

Le troisième constat est le nôtre : nous constatons que l'État a développé, dans sa « grande générosité », des systèmes d'aide aux entreprises pour compenser le poids de la fiscalité et les contraintes qui n'ont cessé d'augmenter en France depuis 40 ans. Ainsi, l'État essaye de redonner aux entreprises d'une main, et en partie, ce qu'il leur a prélevé de l'autre.

Constatons aussi que le dispositif administratif mis en place pour gérer ces aides, les décider, les octroyer, les contrôler, est devenu au fil du temps très important, tant en fonctionnaires impliqués qu'en outils mis en œuvre. Aujourd'hui il est complexe, illisible et improductif.

Son volume s'explique aussi par le fait qu'une grande partie de ces aides sont là pour compenser les contraintes qui ont été imposées aux entreprises françaises depuis 40 ans. Par exemple, lors du

1. Think tank fondé en 2003 basé à Paris, Bruxelles et Montréal.

passage aux 35 heures, des allégements de charges ont été décidés (Aubry, Robien, Fillon...). Elles ont été estimées à environ 26 milliards d'euros par an.

Or, ce montant d'aides n'est pas bon pour la France. D'une part, parce qu'il coûte de l'argent public dont la source est l'impôt ; d'autre part, parce que ces aides publiques obéissent à un système administratif complexe et opaque qui n'est pas favorable à la compétitivité des entreprises.

Proposition : Réduire les aides aux entreprises. Nous recommandons une forte réduction des aides aux entreprises, d'un montant de 80 milliards d'euros, accompagnée d'une réduction des contraintes administratives qui pèsent sur elles. Nous croyons à une économie plus autonome et responsable, où les entreprises prospèrent d'abord grâce à leurs propres mérites et au marché, et non pas à une dépendance envers les subventions publiques. « Les entreprises ont besoin d'air et pas d'aides », déclarait Yvon Gattaz, il y a déjà 40 ans.

Si l'environnement économique s'améliore, il faudra alors que les entreprises cessent de « tendre la main ».

Pour réussir cette transformation, nous soutenons la méthode suivante : il est important de mettre en œuvre cette mesure dans le bon ordre.

Baisser les dépenses publiques et la fiscalité sur les entreprises d'un montant proche de 80 milliards d'euros, en même temps qu' arrêter les subventions aux entreprises. Ces efforts doivent être simultanés sinon les dégâts seraient considérables.

Néanmoins, deux types de subventions doivent être préservées :

- Les aides qui ciblent la R&D – crédit d'impôt recherche (CIR) ou crédit impôt innovation (CII), soit 7 milliards d'euros par an.
- Les aides exceptionnelles[1] en cas de crise majeure comme celle de la Covid. Celles-ci doivent être remboursées en tout ou partie par les entreprises, en fonction de la profondeur et de la durée de la crise, naturellement.

Mesure 19 : Améliorer l'évolution des salaires des grands patrons

Constat : les Français ont une image faussée des patrons. L'image du patron – un salaud naturellement ! – est en grande partie fondée sur celle

1. Les aides exceptionnelles aux entreprises en France pendant la crise sanitaire de Covid-19 et suite à la guerre en Ukraine se sont élevées à un total de 260 milliards d'euros, ce qui inclut les prêts garantis par l'État et le report du paiement des cotisations sociales.

des PDG des multinationales françaises. Cette perception mélange caricature, stéréotype et fantasme. Pourtant, quelle erreur !

En effet, il y a 4,9 millions d'entreprises dans notre pays. Parmi celles-ci, 4,7 millions de microentreprises (moins de 10 salariés) représentant 96 % du total des entreprises, 172 000 petites et moyennes entreprises (PME, entre 10 et 250 salariés), 7 205 entreprises de taille intermédiaire (ETI, entre 250 et 5 000 salariés) et 4 000 grandes entreprises (> 5 000 salariés) dont le CAC 40, les 40 grands groupes cotés à la Bourse de Paris.

Parmi les fondements de cette détestation, il y a les salaires très excessifs de quelques grands patrons, qui se comptent sur les doigts d'une main, et qui laissent parfois une entreprise en crise après avoir touché une somme énorme. Ces exceptions font ainsi régulièrement polémique auprès des élus, des médias, du grand public et des patrons eux-mêmes.

Bien sûr, il faut récompenser les bons résultats, l'audace et le talent de ces grands patrons. Mais il faut récompenser davantage les patrons qui ont réussi à forger un groupe solide et pérenne, plutôt qu'un colosse aux pieds d'argile qui fera bonne figure sur une année avec de brillants résultats, mais qui s'effondreront l'année suivante…

Malheureusement, ces quelques excès nuisent terriblement à l'image des patrons dans leur ensemble, et au libéralisme qui pour nous ne doit être ni ultra-libéral ni néo-libéral, mais efficace, juste et humain.

Notre propos ici n'est donc pas de les justifier. C'est le rôle des conseils d'administration et des actionnaires qui les votent lors des assemblées générales. Notre rôle est d'appeler à la modération et à la justesse de ces salaires.

Proposition : Modérer l'évolution des salaires des patrons. Nous pensons que les patrons doivent être rémunérés non seulement sur leurs performances constatées sur une année, mais aussi sur leurs performances des 5 ou 10 années suivantes.

Cela évitera les comportements de « mercenaires » de PDG qui enjolivent leurs résultats pour toucher immédiatement leur pactole.

Cela permettra aussi de ne pas donner du carburant aux éternelles polémiques françaises autour de la rémunération de ces « salauds » de patrons profiteurs, tandis que le salaire mensuel moyen français est de 2 500 euros bruts, et que celui des patrons de PME est de 4 000 euros. Et ce alors même que la qualité d'un patron est cruciale pour le succès d'un groupe. Comme pour un pays.

Voici ce que nous recommandons : que les rémunérations des PDG des sociétés cotées à Paris restent décentes et tiennent compte de la culture de notre pays même s'ils sont originaires d'autres pays ; de veiller à l'indépendance du comité des rémunérations et de son président ; de privilégier les rémunérations (stock-options) sur le long terme plutôt que sur le court terme : 5 ans ne sont pas assez longs, il faut aller jusqu'à 10 ans – un PDG se juge sur le long terme ; de suivre les recommandations du code d'éthique des associations patronales Afep-Medef qui n'ont cessé de l'améliorer depuis une quinzaine d'années.

A contrario, l'État doit revoir la fiscalité des plus-values des actions données aux présidents. Cette fiscalité étant actuellement trop lourde, elle pousse les comités de rémunération à donner plus d'actions pour compenser le haut taux d'imposition des plus-values.

La mise en œuvre de ces recommandations aura des impacts culturels. Elles permettront une meilleure acceptation du capitalisme par les Français. Elles amélioreront l'image des patrons et plus particulièrement des grands patrons. Elles favoriseront la motivation des équipes auxquelles des actions gratuites ou des plans de stock-options pourront être attribués dans le même esprit que les plans de stock-options des patrons eux-mêmes, c'est-à-dire travailler et réussir en s'inscrivant dans le temps long.

Elles permettront aux dirigeants et à leurs équipes de relever durablement les grands défis de leur entreprise plutôt que de s'engager dans une stratégie de réduction systématique des coûts, qui est parfois nécessaire pour passer une crise, mais qui peut affaiblir durablement les entreprises, les partenaires et l'écosystème local, ces mesures permettront de mettre en place une stratégie de développement plus pérenne et plus robuste des entreprises, comme le font la plupart des entreprises familiales, en France, en Allemagne, en Suisse ou ailleurs.

Mesure 20 : Favoriser une filière d'excellence de l'intelligence artificielle

Constat : saisir l'opportunité de l'intelligence artificielle. Tout le monde s'accorde pour dire que l'IA est une révolution comparable à celle de la révolution industrielle du XIXe siècle, car elle transforme radicalement notre manière de travailler, de vivre et d'interagir.

De fait, l'IA est un formidable outil de productivité et de compétitivité. Tout comme l'automatisation qui, en son temps, a permis aux meilleurs industriels de mieux maîtriser coûts, délais et qualité, nous sommes persuadés que l'IA permettra aux entreprises et aux pays qui l'utiliseront à bon escient d'être plus rapides, plus fiables, plus pertinents et donc plus compétitifs.

Le potentiel de l'intelligence artificielle est en train de rebattre les cartes entre les nations. Elle offre déjà aux pays les plus ambitieux l'opportunité d'améliorer les performances de leurs économies.

Elle pousse les limites de l'innovation en permettant des progrès dans des domaines allant de la médecine à l'environnement, en passant par les transports et les arts. Tous les secteurs de l'économie et de la société seront touchés.

Elle permet de créer des produits et des services qui étaient auparavant inimaginables, depuis les assistants virtuels aux systèmes de santé prédictive, ouvrant de nouveaux marchés et répondant à des besoins émergents. En automatisant les tâches répétitives, elle peut augmenter significativement la productivité des entreprises, des institutions et des pays. Ses applications dans des secteurs comme la santé, l'éducation, ou encore l'environnement peuvent répondre à des défis sociétaux majeurs.

De plus, l'IA devrait être un outil de simplification drastique, de nos organisations bien sûr, mais aussi et surtout de nos institutions et de nos administrations. Elle pourra être utilisée à bon escient pour faire ce que l'homme n'a pas réussi à faire depuis des décennies : faire mieux avec moins, et simplifier tous les processus de décision, de mise en œuvre, de suivi et de contrôle. Cela pour une loi, un décret, un arrêté, une directive, une norme… qui contraignent et souvent démotivent les entreprises et les citoyens, alors qu'ils devraient être des règles du jeu simples, connues de tous, et applicables par tous.

Les pays qui sauront tirer parti de cette révolution seront ceux qui sauront trouver le bon cocktail de liberté, de simplification et de « régulation ». Liberté signifie non seulement la liberté d'innovation, permettant aux entreprises et chercheurs de développer et expérimenter avec des technologies d'IA sans être entravés par des régulations trop strictes, mais aussi la liberté d'accès à l'information et aux ressources nécessaires pour éduquer et former la population à cette nouvelle ère. Cet environnement de liberté stimule l'innovation, attire les talents mondiaux, et facilite la création de *start-up* et de nouveaux modèles économiques basés sur l'IA.

Cependant, la régulation est également cruciale pour s'assurer que cette innovation se fasse de manière éthique, responsable et équitable. Une réglementation bien pensée, simple à expliquer, à comprendre et à appliquer, peut prévenir les abus, protéger les données personnelles, garantir la transparence algorithmique et pallier les biais potentiels dans les systèmes d'IA, assurant ainsi que la technologie ne soit pas utilisée à des fins malveillantes ou discriminatoires. Par exemple, des lois sur la protection des données, comme le RGPD en Europe, montrent comment la régulation peut encourager une innovation responsable et assurer la confiance des citoyens.

Proposition : Favoriser une filière d'excellence de l'intelligence artificielle. Nous, Français, savons être malins, innover, entreprendre. Le monde de l'IA est un gisement d'opportunités nouvelles. Nous avons une longue tradition d'innovation et d'entrepreneuriat qui nous positionne favorablement pour exploiter le potentiel de l'IA.

Notre enseignement supérieur, reconnu pour sa capacité à former des ingénieurs et des chercheurs de haut niveau, constitue une base solide pour l'innovation en IA. De nombreuses *start-up* françaises émergent dans ce secteur, comme Mistral AI, qui illustre combien la France peut être à la pointe de l'innovation en IA générative.

En capitalisant sur notre savoir-faire technologique, notre culture d'innovation et en adoptant une approche stratégique de l'IA, la France peut non seulement se positionner comme un acteur majeur dans ce domaine mais aussi contribuer à transformer son économie et sa société pour les décennies à venir. Toutefois, cela nécessite de continuer d'investir dans la recherche, d'encourager l'esprit d'entreprise, et de développer une réglementation adaptée qui stimule l'innovation tout en protégeant les intérêts publics.

Les professionnels s'accordent sur quatre conditions pour que l'IA améliore la production de l'économie : une énergie pas chère ; une réglementation non paralysante ; des capitaux abondants ; des salariés motivés et compétents. L'Europe n'est pas avantagée sur l'énergie. Elle doit agir sur les leviers suivants : promouvoir une culture d'innovation ; investir dans l'éducation et la recherche ; développer des infrastructures énergétiques durables ; créer (enfin) un marché européen des capitaux ; s'assurer que sa réglementation soutienne l'innovation tout en protégeant les droits et les intérêts de ses citoyens. En faisant cela, l'Europe peut non seulement améliorer sa production économique, mais aussi devenir un leader mondial dans l'utilisation éthique et responsable de cette nouvelle technologie. Sans oublier la sécurité de ses « données sensibles » qui devront être protégées dans des « data centers » européens *ad hoc*, à mettre en œuvre rapidement et en parallèle de cette montée en puissance de l'IA. La France aura tout à gagner à cette indispensable mobilisation.

Gagner plus par l'optimisation de la sphère publique

L'État n'est pas et ne doit pas être l'ennemi des entreprises et des citoyens. L'État français a joué un rôle essentiel dans la construction de la France en transformant ce qui fut longtemps des provinces nombreuses, différentes et souvent ennemies entre elles, en un pays uni et fier.

Cet État a su ainsi contribuer à de grands progrès économiques comme pour la construction des routes, de chemins de fer, de centrales électriques et nucléaires, etc., sans oublier la création de la Sécurité sociale.

Néanmoins, aujourd'hui, la sphère publique s'est tellement étendue qu'elle étouffe le pays, les entreprises, les associations et les citoyens. Les Français ont besoin de plus d'air et de plus de libertés.

Il ne s'agit donc pas de détruire l'État et les administrations. Il s'agit de les recentrer sur les missions pour lesquelles ils ne peuvent être remplacés par la société civile, les entreprises ou les citoyens. De bâtir un système public moins complexe et moins lourd.

Et de mettre à la disposition des Français un État moins coûteux, plus frugal et plus modeste.

Un État compétitif par rapport à ceux des autres pays, parce que la compétition internationale se joue non seulement entre entreprises, mais aussi entre États.

Mesure 21 : Transférer des politiques publiques aux collectivités territoriales ou aux entreprises et aux associations

Constat : la France est le pays le plus suradministré des pays industrialisés. Le millefeuille administratif, l'omniprésence de l'État, le nombre de fonctionnaires et le nombre de règles sont des freins à la création de richesses. Il y a trop d'impôts parce qu'il y a trop de dépenses publiques ; la complexité administrative freine l'entrepreneuriat et l'investissement ; la rigidité du marché du travail ralentit les embauches ; l'argent public est trop souvent absorbé par des dépenses administratives au lieu d'être investi dans des secteurs productifs de l'économie, créateurs de richesse.

Le problème est qu'en France l'État s'occupe de tout. C'est une vieille tradition. Nous, Français, attendons tout de l'État. Cette situation n'est pas bonne. D'abord parce que l'État n'est pas assez agile, il est trop pesant, il est lent, il a tendance à tout uniformiser, et, de ce fait, il complique la vie de tous et ralentit tout. Ensuite, parce que cela déresponsabilise les Français, les associations, les syndicats, etc. Chacun se met à penser que, quoi qu'il arrive et, même, maintenant, quoi qu'il en coûte, l'État sera là. Comme un État-« nounou ».

Proposition : Transférer des politiques publiques aux collectivités territoriales ou aux entreprises et aux associations. Notre recommandation est simple. Que l'État délègue des politiques publiques aux collectivités territoriales, aux entreprises ou aux associations. Il s'appuiera sur le principe de subsidiarité : on fera prendre le maximum de décisions à l'échelon le plus bas possible le plus proche possible du terrain. Puis, on remontera à l'échelon du dessus s'il n'y a pas d'autre choix.

Concrètement, nous proposons donc de passer au crible toutes les compétences de l'État central, Éducation nationale, Santé, Transport, Équipement, Écologie, Industrie, etc., pour identifier lesquelles doivent être traitées au niveau parisien, par l'État, au lieu d'être décentralisées.

Prenons un exemple concret. Nous recommandons de transférer les compétences de l'Éducation nationale aux régions. En effet, en quoi est-il mieux d'avoir un système unique et uniforme pour instruire les enfants ? Rien ne justifie que les cours qui sont donnés aux collégiens à Dunkerque ou à Toulon soient exactement les mêmes. D'autant que notre système éducatif est en grande difficulté, comme nous le voyons tous.

Nous exprimons une autre recommandation. Il faut donner un vrai pouvoir aux chefs d'établissement de l'enseignement primaire et secondaire, afin qu'ils puissent diriger leurs écoles, collèges et lycées. Actuellement, ils n'ont pas une réelle autorité sur leurs enseignants et ils passent trop de temps à appliquer les directives qui leur viennent du sommet. Laissons-les choisir leurs enseignants comme leurs élèves. Faisons-leur confiance. Cessons de penser que l'État parisien sait tout et peut tout.

Prenons un autre exemple. Celui des directeurs d'hôpitaux. Ceux-ci n'ont pas assez de pouvoir. Ils passent trop de temps à lire, interpréter et appliquer des directives qu'ils reçoivent des niveaux supérieurs. Ils doivent devenir les patrons de leurs hôpitaux.

Mesure 22 : Réduire le nombre d'échelons de la sphère publique

Constat : État, régions, départements, agglomérations, intercommunalités et communes constituent le millefeuille français. Ce millefeuille est trop compliqué. Et encore, nous ne comptons pas ici le niveau

Europe… Cette accumulation de niveaux crée une complexité terrible. Elle est terrible pour tous. Pour les fonctionnaires comme pour les administrés. Les fonctionnaires passent beaucoup de temps et d'énergie à se coordonner. Les administrés ne comprennent pas qui fait quoi. Sur le plan politique, les citoyens ne savent pas qui est responsable de quoi. Quand on élit des élus, on ne sait pas de quoi il faut les féliciter ou sur quoi il faut les critiquer. C'est une jungle, complexe, illisible, incompréhensible.

Proposition : Réduire le nombre d'échelons de la sphère publique. Nous recommandons de réduire le nombre de couches d'un niveau.

Nous proposons la réforme suivante : créer 33 régions et supprimer les 100 départements en métropole. Chaque région regroupera, en moyenne, 3 anciens départements. Quand la Constituante, peu avant la prise de pouvoir par Napoléon, créa le département, sa taille était définie par rapport à la capacité de le traverser à cheval en une journée. Nous n'en sommes plus là ! Mais l'idée reste de choisir une taille qui concilie l'efficacité et l'humanité. Actuellement, les départements sont trop petits et les régions trop grandes. Avec 33 régions, et donc en supprimant un échelon territorial, la France se simplifierait et simplifierait la vie de ses citoyens.

Les agents publics seraient réaffectés progressivement, avec une incitation financière pour les départs volontaires.

Une réduction des budgets territoriaux de 10 % serait visée. Cet argent pourrait être réalloué à des priorités nationales comme la transition énergétique, l'éducation, et à la baisse des dépenses publiques.

Mesure 23 : Suppression d'institutions redondantes avec les administrations publiques

Constat : la République a créé un très grand nombre d'organismes dont l'utilité est variable. Ils sont plus de 600 et coûtent chaque année plusieurs dizaines de milliards d'euros aux finances publiques. Donc, sur 10 ans, des centaines de milliards d'euros.

Pourquoi y a-t-il tant d'organismes ? Parce que les gouvernants et les élus nationaux ont cru qu'en créant de tels organismes ils feraient progresser l'agilité et l'efficacité de la sphère publique. Fuyant le mammouth, ils ont voulu créer des gazelles. Hélas, ils ont oublié ou sous-estimé le fait qu'un organisme public, grand ou petit, s'installe, prend ses habitudes, crée des postes, distribue des crédits, veut durer. Et donc ces entités, une fois créées, ne meurent jamais. Elles durent, pèsent, etc.

Proposition : Suppression d'institutions redondantes avec les administrations publiques. Face à la gravissime situation des finances publiques de notre pays, il est nécessaire de prendre une méthode rigoureuse et exigeante. Il ne faut pas décider que seront supprimés tous les organismes qui ne servent à rien. Car un organisme sert toujours à quelque chose. Au minimum à réunir des gens, à faire circuler des informations, à confronter des points de vue. Il y a toujours une utilité.

Nous recommandons donc de ne pas supprimer ceux qui, de l'avis du gouvernement et des deux assemblées du Parlement, sont réellement indispensables. Pas utiles mais indispensables. Cela implique des choix difficiles. Cela signifie que des organismes utiles seront supprimés : utiles mais pas indispensables.

Prenons un exemple concret. Le Conseil économique, social et environnemental (CESE), héritier du Conseil économique et social, est un lieu de rencontres, d'études, d'analyses, de débats très respectables.

Pour autant, nous recommandons de le supprimer, ce qui permettra d'économiser les salaires qu'il verse à ses membres et ses collaborateurs, ses coûts de fonctionnement, mais aussi de vendre son patrimoine immobilier et d'en tirer une entrée importante pour les finances publiques.

Quand une famille a des fins de mois difficiles, elle supprime des dépenses parfois utiles, correspondant à des activités respectables mais non vitales. Pourquoi l'État ne s'imposerait-il pas une telle discipline ?

Mesure 24 : Réduire le nombre de fonctionnaires et réserver le statut de fonctionnaires aux militaires, policiers, magistrats et diplomates

Constat : la France est l'un des pays d'Europe qui a le nombre le plus élevé de fonctionnaires par rapport à sa population. Elle compte 5,7 millions de fonctionnaires. Ce chiffre réunit les fonctions publiques d'État, des collectivités territoriales et hospitalières. Ce chiffre n'inclut pas les 1,4 million de quasi-fonctionnaires, c'est-à-dire les salariés non fonctionnaires rémunérés sur fonds publics : salariés de la Sécurité sociale, des universités, du CNRS, de France Travail, des musées, des écoles privées, des associations à financement public.

Nous avons en France 90 fonctionnaires pour 1 000 habitants contre 56 en Allemagne. Celle-ci, comparable en taille, compte 4,5 millions de fonctionnaires pour 85 millions d'habitants, alors que nous sommes 67 millions en France. Au total, la différence entre ces deux grands pays est de 1,2 million de fonctionnaires si l'on ne tient pas compte des différences de populations. En revanche, si l'on tient compte de ces différences de populations, la France devrait avoir 3,5 millions de fonctionnaires : l'écart est donc de 2 millions de fonctionnaires de trop par rapport à l'Allemagne, calculé à population équivalente. C'est considérable. Notons que c'est à peu près le nombre d'emplois détruits dans l'industrie en 20 ans.

Proposition : Réduire le nombre de fonctionnaires et réserver le statut de fonctionnaires aux militaires, policiers, magistrats et diplomates. La France peut et doit se donner l'objectif courageux d'avoir un nombre de fonctionnaires par habitant qui soit dans la moyenne européenne de 61 fonctionnaires pour 1 000 habitants, soit environ 30 % de moins. En diminuant le nombre de fonctionnaires et/ou en changeant leur statut.

En baissant ainsi les dépenses de l'État, on produira de la richesse que l'on pourra redistribuer. Aux fonctionnaires en augmentant leurs rémunérations et à l'État pour qu'il se désendette.

Réduire le nombre de fonctionnaires conduira à une administration plus efficace. Cela évitera les doublons. L'intelligence artificielle aidera à assurer un niveau de service public de haute qualité.

La mesure pourra être déployée progressivement, en ne remplaçant que la moitié des fonctionnaires partant à la retraite chaque année, hors armée, police, magistrature et diplomatie.

Les économies réalisées contribueront à stabiliser les finances publiques et à financer les réformes importantes. De plus, cette mesure allégera l'État. Moins lourd, il sera plus agile pour répondre aux défis contemporains et servir efficacement les citoyens – sa mission numéro 1, faut-il le rappeler !

De plus, en alignant le nombre de fonctionnaires sur les besoins réels, l'État deviendra un employeur plus dynamique et attrayant, capable de rivaliser avec le secteur privé en termes d'innovation et d'efficacité.

Nous présentons une seconde recommandation. Réserver le statut de fonctionnaires aux militaires, policiers, magistrats et diplomates. Pourquoi eux et pas les autres ? Parce que la nature de leurs missions exige une protection particulière et des garanties statutaires. Il s'agit de préserver leur neutralité et leur intégrité face aux pressions politiques et sociales.

Dans les autres ministères, les contrats de 3, 5 ou 10 ans seraient être mis en œuvre pour embaucher et gérer les agents de l'État.

La France, comme les pays d'Europe du Sud, a fait, il y a longtemps, le choix d'une administration neutre, impartiale et égalitaire, afin de se prémunir de régimes politiques autoritaires. Nous n'en sommes plus là. Il est temps, pour notre pays, d'entrer dans le XXIe siècle et de cesser d'opposer les fonctionnaires aux autres Français, sauf pour les fonctions régaliennes.

Mesure 25 : Mettre fin au statut de la fonction publique hospitalière

Constat : le statut a été voté sous un gouvernement socialiste, en 1986. Il est donc récent. Or c'était une erreur. Les hôpitaux sont une activité « de production ». Ses salariés doivent être focalisés sur le soin des malades. C'est un beau et noble métier. Ce n'est pas un métier de fonctionnaire. D'ailleurs, dans la plupart des pays européens, les agents hospitaliers ne sont pas des fonctionnaires. Remarquons qu'avant la réforme de 1986 les hôpitaux français fonctionnaient très bien. Cette réforme a été inutile, coûteuse et rigidifiante. Elle a introduit des contraintes dans un milieu qui n'en avait pas besoin. Tout le monde est perdant, les soignants comme les malades.

Proposition : Mettre fin au statut de la fonction publique hospitalière. En 2025, il n'y a pas de raison de continuer à imposer au monde hospitalier un régime de fonction publique. Nous recommandons que la France, comme la plupart des pays européens, sorte les établissements hospitaliers du monde de la fonction publique et donne à ce monde un statut plus adapté à sa raison d'être : soigner les patients.

Mesure 26 : Mieux gérer les fonctionnaires

Constat : nos fonctionnaires souffrent d'une absence de management. Il est toujours surprenant de constater que nos 5,7 millions de fonctionnaires sont, par absence d'une politique de ressources humaines (RH), mal gérés et mal managés. À l'exception des personnels militaires qui sont l'exception qui confirme la règle, il y a peu ou pas de management dans la sphère publique.

À ce sujet, les témoignages des fonctionnaires sont nombreux : la fonction RH, exercée la plupart du temps par les syndicats de la fonction publique (notamment Force ouvrière), se focalise essentiellement sur les droits et les avantages acquis. Mais jamais sur des projets de motivation, de productivité ou de compétitivité, autant de termes qui résonnent comme des « gros mots ».

Par ailleurs, les sollicitations de la part d'un manager sont rares. Lorsqu'il existe, celui-ci adopte le plus souvent une posture politique ou administrative, sans véritable effort pour mobiliser les équipes, en particulier sur les enjeux d'amélioration continue et de résolution de problèmes.

Alors que faut-il faire ?

Proposition : Mieux gérer les fonctionnaires. Nous recommandons d'appliquer aux administrations et institutions publiques les méthodes de management moderne des entreprises les plus performantes. Nous pensons plus particulièrement aux outils dits de « qualité totale », comme le *lean management*[1], déployés dans les meilleures entreprises du monde.

À titre personnel, j'ai utilisé le *lean* à plusieurs reprises dans les usines de mon entreprise Radiall, et cela depuis 25 ans. Les résultats ont été remarquables, pour la motivation et l'épanouissement du personnel, l'amélioration du service client et la performance globale de l'entreprise.

---

1. Le *lean management* est une méthode de management et de gestion qui vise à améliorer la performance d'une organisation en éliminant les gaspillages, en optimisant les processus et en impliquant les équipes dans une logique d'amélioration continue.

Ces démarches de management et de RH m'ont permis non seulement de conserver mes 4 usines historiques en France, mais aussi de les développer et d'embaucher.

Les résultats sont trois fois gagnants :

Un système gagnant pour les salariés, formés à proposer des idées d'amélioration et à résoudre les problèmes rencontrés. Ils bénéficient en retour de fortes primes de motivation et d'intéressement, ainsi que d'une employabilité renforcée grâce à la diversité des tâches qu'ils ont accomplies et apprises.

Un système gagnant pour les clients, qui sont parfois parties prenantes du projet et qui bénéficient de produits ou services plus robustes, plus compétitifs, ainsi que de délais de livraison raccourcis et plus fiables.

Un système gagnant pour l'entreprise, dont le résultat d'exploitation a doublé en trois ans, et ce sans forte croissance du chiffre d'affaires. Cette progression est le fruit des performances des équipes et des collaborateurs de terrain, qui ont œuvré à la réduction des problèmes de qualité, à la simplification et à la fluidification des processus, à la diminution des stocks, ainsi qu'à l'amélioration et à la fiabilité des prix de revient.

Les conditions du succès de cette démarche ont été l'implication sans faille de la direction générale, véritable chef d'orchestre du projet ; la formation et l'implication de l'ensemble de la chaîne managériale, en particulier des managers de terrain, au plus proche des équipes ; et l'utilisation maîtrisée d'outils éprouvés de « qualité totale » et de management participatif, tels que le *lean* ou « Six Sigma ». Une neutralité bienveillante des syndicats, voire une implication active, est également un facteur de réussite. Lorsque les syndicats comprennent que la démarche vise à valoriser le travail, simplifier l'organisation, et mieux reconnaître les efforts fournis, ils peuvent devenir des partenaires engagés. Cela suppose un dialogue social sincère et constant.

Quels seraient les résultats si ces méthodes étaient appliquées aux 5,7 millions d'agents de la fonction publique française ? Les gains en productivité, estimés entre 10 % et 15 % du temps de travail au bout de trois ans, pourraient transformer profondément notre appareil public. En adoptant une hypothèse prudente de 10 % de gain à horizon de 5 ans, on obtiendrait l'équivalent de 570 000 agents « libérés ».

D'autres résultats seraient essentiels. La qualité du service rendu aux administrés serait améliorée. Et la qualité de vie au travail des fonctionnaires serait renforcée. Quant à leurs carrières, elles seraient mieux gérées et plus intéressantes.

Mesure 27 : Réduire le nombre de règles (lois et règlements)

Constat : trop de lois et de règlements affaiblissent la compétitivité française. En dehors de la Corée du Nord, la France est le pays le plus régulé du monde. Dans la plupart des domaines, les codes français sont les plus longs et les plus détaillés sur la planète !

La France est une baignoire où les règles coulent d'un robinet qu'on ne ferme jamais, mais sans un système d'évacuation pour l'abrogation des règles obsolètes.

Nous possédons 78 codes en vigueur comprenant environ 85 000 lois totalisant près de 400 000 articles…

C'est un problème : cette multiplication de textes crée de l'instabilité, complexifie la vie des entreprises et des citoyens, à commencer par les plus modestes. Il décourage l'initiative privée, les investisseurs français et étrangers, et alourdit les coûts de conformité.

Un exemple parmi tant d'autres : au cours des 8 dernières années, les modalités d'accès précoce aux médicaments ont été modifiées à 7 reprises. Compliquant la planification à long terme des entreprises pharmaceutiques, elles les rendent moins compétitives par rapport à leurs concurrents dans des pays où le cadre réglementaire est plus stable.

Proposition : Réduire le nombre de règles (lois et règlements). L'objectif de cette réduction est de redonner de la liberté aux citoyens français et de l'agilité à l'économie française. Une étude de l'OCDE a révélé que la France consacre 3,1 % de son PIB à la gestion administrative, un chiffre nettement supérieur à celui des États-Unis, qui est de 1,9 %. En simplifiant le cadre réglementaire, la France pourrait économiser des milliards d'euros en coûts de conformité chaque année, ce qui permettrait aux entreprises d'investir davantage dans la modernisation, l'innovation et l'augmentation des salaires.

Cette mesure bénéficierait d'abord aux plus modestes des Français. Elle bénéficierait aussi aux entreprises, en particulier aux entrepreneurs et aux PME, en réduisant le temps et les ressources financières nécessaires pour se conformer à des réglementations souvent complexes et redondantes.

Que le lecteur nous comprenne bien : nous ne sommes pas opposés aux codes. Un code permet de mettre de la cohérence dans un domaine où il n'y en a pas. Non, le sujet qui nous intéresse, ce n'est pas le nombre de codes, le sujet, c'est la longueur et le niveau de détails des codes.

Par exemple, la non-réforme du code du travail par Robert Badinter est un échec instructif. En 2010, l'ancien garde des Sceaux entreprit de le simplifier en partant du constat qu'avec 3 200 pages il était un frein pour tous les acteurs du privé : les chefs d'entreprise comme les salariés. L'esprit qu'il souhaitait mettre en avant était celui du principe de subsidiarité : faire confiance aux employeurs et aux salariés pour s'entendre. Comme cela est le cas en Allemagne où le code a 1 600 pages (et 3 % de chômage) ou en Suisse où le code a… 60 pages (et 2,1 % de chômage).

Malgré la clarté et la modération des propositions de Robert Badinter, la réforme échoua. L'obstacle principal fut l'obsession égalitaire française. Le plus frappant est qu'il n'y eut pas de vrai débat. Ce projet Badinter heurtait les habitudes et les préjugés. Les syndicats et certaines forces politiques eurent beau jeu d'affirmer qu'il y avait un risque grave de diminution des droits des salariés. Et aucun parti politique n'a osé se saisir de ce projet pour le défendre et le porter.

Concrètement, nous recommandons de mettre en place une politique volontariste pour évaluer et réviser toutes les législations existantes et abroger toutes celles qui doivent l'être.

Cet effort devra être conduit en liaison avec le Parlement, puisqu'il faudra toucher au domaine législatif. Il faudra aussi une loi d'habilitation. Ensuite, il faudra que le travail de ces experts soit approuvé par le Parlement.

Ce sera l'occasion d'un grand débat en France. En effet, si on veut vraiment faire cela, si on veut vraiment beaucoup moins de règles, il faudra remettre en cause la passion française pour l'égalité. Cette passion qui fait qu'en France on veuille qu'un problème de permis de construire, un problème de santé, un problème de retraite, soient traités exactement de la même manière à Collioure, dans les Pyrénées-Orientales, qu'à Sarreguemines, en Moselle, ou à Lorient, dans le Morbihan.

Notre approche signifie qu'il y aura plus de différences en France d'une région à l'autre. Que le législateur cessera de vouloir l'égalité des Français partout, dans tous les domaines, dans toutes les situations. L'approche que nous prônons est ainsi cohérente avec la décentralisation que nous avons recommandée plus haut. Il y aura moins d'égalité mais plus de liberté, moins d'uniformité et plus de différences.

Il faudra aussi que les législateurs cessent de décrire tout par le menu dans la loi, tous les cas de figure, tous les scénarios… ce qui produit cette boulimie de textes interminables que l'on connaît.

Quelques exemples : pour l'adaptation des bâtiments et des infrastructures aux handicapés, pourquoi ne pas imposer un objectif, par exemple, pour les bureaux et les hôtels, d'avoir 10 % de bureaux ou de chambres réservés et accessibles aux handicapés ? Que cette accessibilité se fasse par n'importe quel moyen légitime. Qu'elle soit faite et auditée. La philosophie que nous recommandons est de se fonder sur l'obligation de résultat et non pas sur celle de moyens. Cela simplifierait beaucoup la vie de tous les Français !

Mesure 28 : Créer une règle d'or pour un budget équilibré

Constat : la dette publique coûte très cher aux Français. La dette a commencé à monter en 1974, juste après la mort de Georges Pompidou. Jusque-là, depuis le début de la Ve République, le président de la République respectait la règle non écrite que les budgets soient à l'équilibre. C'est-à-dire que l'État ne dépensait pas plus que ses recettes. L'endettement était, de ce fait, maintenu à un niveau raisonnable, en dessous de 15 % du PIB.

Les années Giscard (1974 à 1981) ont été brutalisées par deux grands chocs pétroliers, qui ont secoué l'économie française. Elles ont été aussi marquées par l'arrivée au pouvoir d'une pensée keynésienne (du nom de l'économiste britannique Keynes) selon laquelle la puissance publique devait soutenir l'activité économique.

Depuis 1981 et à peu près sans discontinuer jusqu'en 2025, le souci d'équilibre des finances publiques est devenu secondaire. La pensée dominante, à gauche comme à droite, est devenue : « Les gouvernants doivent agir pour appliquer leur politique, développer leurs projets sociaux et sociétaux conformément à leurs promesses de campagne, etc. Le rééquilibrage des finances publiques peut attendre des jours meilleurs... » Quand les taux d'intérêt ont atteint des niveaux historiquement bas, cette vision a même été théorisée par des responsables politiques de premier plan qui ont affirmé : « Maintenant que les taux sont si bas, on peut s'endetter sans compter... »

Dans un tel contexte, des politiques sociales généreuses ont été mises en œuvre, comme la retraite à 60 ans (en 1981), ou la réduction de la durée hebdomadaire du travail à 35 heures (en 1997). Elles n'ont pu être financées qu'en laissant filer le déficit et la dette.

L'avènement de l'euro en 1999 a encouragé certains responsables à croire que, engagée dans des disciplines collectives strictes, la France serait encouragée, voire contrainte, à plus de rigueur dans la gestion de ses finances publiques. En particulier, les plafonds de 3 % du produit intérieur brut, pour le déficit, et de 60 %, pour la dette, étaient censés assurer cette rigueur.

Hélas, il s'est passé l'inverse. N'ayant plus à craindre de dévaluation, les dirigeants politiques français ont dépensé largement l'argent des Français. Au lieu d'inciter à la rigueur, l'euro a favorisé un laisser-aller financier sur le mode : « Après moi, le déluge. »

Le résultat est cinglant. Depuis 1974, tous les budgets ont été déficitaires. Aujourd'hui, la dette publique dépasse 3 300 milliards d'euros – plus de 114 % du produit intérieur brut.

Pourquoi cette situation est-elle grave ? Pour plusieurs raisons. D'abord, l'État, déficitaire, emprunte une partie importante de l'épargne des Français, qui n'est plus, de ce fait, disponible pour financer la modernisation et les investissements de notre pays. Ensuite, les prêteurs, inquiets devant le haut niveau d'endettement de la France, lui font payer des taux d'intérêt élevés. Les taux élevés sont subis par tous : l'État, les collectivités territoriales, les entreprises, les Français et les Françaises. Enfin, le budget de l'État est obligé de consacrer une place croissante au paiement des intérêts de la dette, au détriment d'autres politiques publiques essentielles comme l'éducation, la santé ou la protection de l'environnement.

En 2025, les intérêts de la dette sont, hélas, devenus le premier poste budgétaire qui représente pas moins de 55 milliards d'euros sur l'année avec prévision de forte dégradation sur les prochaines années si rien n'est fait. À la fin, ce sont les plus modestes qui sont les victimes et qui paient.

La France est donc sur une pente dangereuse. Sont menacées : sa croissance économique, son indépendance, sa crédibilité internationale, sa réputation, son influence.

Même s'il s'est aggravé depuis 1974 et, encore plus depuis 1981, le problème est ancien. Certains le font remonter à Philippe le Bel, au XIVe siècle ! Ce narratif est trompeur et toxique parce qu'il laisse croire que : « Nous, les Français, nous sommes comme ça… La rigueur budgétaire, ce n'est pas notre truc… C'est bon pour les Allemands ou les Scandinaves… » Comme le village gaulois d'Astérix qui pourrait s'affranchir des disciplines respectées par tous les autres.

Il est temps de siffler la fin de la récréation.

Proposition : Créer une règle d'or pour un budget équilibré. Les présidents de la République, les gouvernements et les parlementaires trouvent toujours de bonnes raisons pour augmenter les dépenses et réduire les recettes. Augmenter les prestations de telle ou telle catégorie de la population française ? Comment s'y opposer ? Baisser tel ou tel impôt en augmentant subrepticement d'autres... ? Comment ne pas applaudir des deux mains ? Les largesses, les cadeaux filent ainsi. Et, bien sûr, dès qu'une concession est faite à certains Français, les autres attendent la même… ou mieux. Les pressions sont permanentes.

Nous affirmons qu'il faut aider les gouvernants et les parlementaires à résister à ces pressions. Il faut créer une règle d'or qui obligera à ce que le budget soit voté à l'équilibre.

Cette règle doit être inscrite dans la Constitution. Sinon, chaque année, de bonnes raisons seront trouvées pour ne pas la respecter et pour la repousser à plus tard.

Mesure 29 : Vendre toutes les participations de l'État dans des sociétés

Constat : l'État possède des parts dans 85 sociétés dont 71 non cotées, pour une valeur de 180 milliards d'euros[1]. Le portefeuille coté représente moins de 30 % du total.

Ses participations sont dans cinq grands domaines : énergie, industrie, services, finance et transports. La liste comprend notamment EDF, Engie, les Chantiers de l'Atlantique, la Monnaie de Paris, Safran, Arte France, Areva, Orange, la FDJ, Dexia ou encore Air France KLM, la SNCF, la RATP et ADP.

Le taux de détention de l'État – son poids dans le capital – varie de 100 % pour EDF, la SNCF ou encore des ports et aéroports de province à moins de 16 % pour Safran, Airbus, Renault ou Orange.

Comme tout actionnaire, l'État reçoit également des dividendes : 2,3 milliards d'euros en 2023.

L'État n'est pas un bon gestionnaire de ses participations. Il ne sait pas les gérer et ne peut pas le faire. Ses engagements évoluent d'une année sur l'autre, d'un gouvernement à l'autre, d'un ministre à l'autre, sans stratégie, c'est-à-dire sans cohérence d'ensemble. L'État cède des participations ou bien réinvestit dans certaines au gré des conjonctures.

1. Automne 2024.

Proposition : Vendre toutes les participations de l'État dans des sociétés

Nous recommandons que l'État actionnaire se désengage et vende toutes ses participations. Pour réussir cette orientation, nous proposons également des solutions aux deux principaux obstacles à cette politique.

S'agissant des sociétés cotées, l'annonce d'une telle politique risque de faire plonger le cours de ces sociétés. La solution est de faire créer une société par les grands acteurs financiers de notre économie – banques et sociétés d'assurances – à laquelle l'État vendrait ces participations. Cette société, déconnectée de l'État, gérerait ces participations au mieux, dans une logique patrimoniale. Pour des sociétés considérées comme particulièrement sensibles, une règle pourra être décidée, visant à empêcher une prise de contrôle par des investisseurs étrangers.

Le deuxième obstacle est celui des sociétés publiques en situation de monopole et, souvent, de forte dépendance financière de l'État. La SNCF et la RATP sont les deux exemples les plus connus. Nous recommandons que l'État n'en soit plus le propriétaire. Il resterait le régulateur et le tuteur. Les nouveaux actionnaires seraient les collectivités territoriales et les salariés qui seraient ainsi intéressés au succès de leur entreprise.

Enfin, nous recommandons que la législation sur la grève dans ces services publics soit renforcée pour mieux protéger les usagers. Là encore, les exemples d'autres pays européens peuvent être utilisés pour ce changement.

Mesure 30 : Vendre tous les bâtiments appartenant à l'État

Constat : l'État, les collectivités et les administrations publiques détiennent un patrimoine immobilier colossal, évalué à environ 2 500 milliards d'euros. Une partie de cet actif pourrait être mobilisée pour alléger la dette sans recourir à des hausses d'impôts ou à des coupes dans les services publics.

Proposition : Vendre tous les bâtiments appartenant à l'État. Certes, certains bâtiments doivent rester propriété publique : l'Assemblée nationale, le Sénat et l'Élysée. Mais il s'agit alors d'une exception à une politique nouvelle. La nation n'a pas besoin de posséder des immeubles qu'occupent ses administrations ou ses musées. Les locaux des ministères sont souvent inadaptés et anciens, parfois surdimensionnés. Plutôt que de continuer d'entretenir des mûrs coûteux, l'État pourrait offrir à ses agents des bureaux modernes et fonctionnels, loués à des prix raisonnables.

Les compagnies d'assurances françaises, qui gèrent plus de 2 700 milliards d'euros d'actifs, et des compagnies européennes pourraient investir une partie de ces montants dans l'achat des biens immobiliers appartenant aujourd'hui à l'État, puis les mettre à sa disposition en les lui louant. Ces opérations leur offriraient un rendement supérieur à celui des obligations actuelles, tout en sécurisant leurs placements avec des loyers d'État.

Une autre voie serait de créer des compagnies foncières publiques, alimentées par ces actifs immobiliers, puis partiellement introduites en Bourse. Les obligations d'État pourraient même être converties en actions de ces foncières, ouvrant ainsi la voie à un désendettement progressif mais structuré.

Cette approche engendrerait des loyers à verser, puisque l'État ne serait plus propriétaire de ses locaux, mais locataire. Par contre, ces loyers remplaceraient les intérêts de la dette. Surtout, cela responsabiliserait les administrations, qui cesseraient de croire que l'occupation de locaux est gratuite. En devenant locataires, elles utiliseraient moins de surface, optimisant leurs dépenses et leur organisation.

Certains diront que les valeurs de marché ne reflètent pas les valeurs comptables des biens. C'est vrai. Mais ici, il ne s'agit pas d'une vente précipitée, ni d'une liquidation. Il s'agit d'un plan réfléchi, échelonné sur plus d'une décennie, visant à rendre à la puissance publique des marges de manœuvre.

Désendetter la France en valorisant ses terrains et ses bâtiments est une ambition réaliste. Elle demande du courage politique, du sérieux technique, du temps et de la résolution.

***

Tableau indicatif des gains de création de richesse

Nous avons retenu 5 mesures ayant un impact fort en matière de création de richesse.

Les chiffres que nous donnons sont des ordres de grandeur illustratifs.

Ils donnent des idées et des pistes de travail à tous ceux qui voudront les approfondir.

Chaque somme de 100 euros de richesse produite ou de dépenses éliminées grâce aux mesures pourra être répartie en trois tiers : un tiers pour le pouvoir d'achat des Français et deux tiers pour la France de demain, celle de nos enfants et nos petits-enfants.

Mesures	Gains/an
Mesure 1 : Augmenter le temps de travail hebdomadaire de 37 à 40 heures	120 milliards d'euros de création de richesse dont 60 milliards pour l'État via charge sociales, etc., et 60 milliards en augmentation de salaires nets
Mesure 2 : Passer l'âge pivot de la retraite à 67 ans	60 milliards d'euros de création de richesse
Mesure 5 : Réformer l'assurance chômage pour favoriser le retour au plein emploi	30 milliards d'euros de création de richesse
Mesure 8 : Liberté de choisir sa couverture santé	9 milliards d'euros avec l'augmentation du ticket modérateur
Mesure 24 : Réduire le nombre de fonctionnaires	49 milliards d'euros
Total	environ 268 milliards d'euros

Détail par mesure :

Mesure 1 : 23 millions de salariés qui travailleraient 3 heures de plus pendant 4 semaines sur 11 mois, au tarif moyen de 19 euros de l'heure, doublé des charges sociales, cela créerait environ 120 milliards d'euros de richesse.

Mesure 2 : Passer l'âge pivot de la retraite à 67 ans rapporterait environ 60 milliards d'euros (3 années en plus multiplié par 20 milliards/an).

Mesure 5 : Il est admis qu'un chômeur coûte environ 15 000 euros par an à la collectivité. Et que ce même chômeur qui travaillerait rapporterait 15 000 euros par an. La différence pour les finances publiques est de 30 000 euros par chômeur qui travaille et par an. Si l'on atteint en France le plein emploi, alors c'est 4 % de chômage au lieu de 7,4 %, et 2,5 millions d'emplois de créés, soit 75 milliards d'euros d'économisés pour l'État. Ici, nous avons retenu l'hypothèse de la création de un million d'emplois.

Mesure 8 : Passer le ticket modérateur de 9 € à 18 € rapporterait environ 9 milliards d'euros.

Mesure 24 : Sur 10 ans, le non-remplacement d'un départ à la retraite sur deux : 70 000 fonctionnaires (entre 114 000 et 171 000 départs annuels) × 70 000 euros/an × 10 ans = 49 milliards d'euros économisés.

En résumé, ces 268 milliards d'euros réalisés sous 10 ans environ, et qui est une somme minimum puisque liée aux 5 mesures les plus impactantes de notre liste, permettraient donc, selon notre règle des 3 tiers appliqués aux mesures 2 à 5 (la mesure 1 étant déjà repartie en 50/50) :

– d'augmenter le pouvoir d'achat des Français de 110 milliards d'euros, soit 16 % d'augmentation des salaires nets à terme.

– de baisser le déficit annuel de 80 milliards d'euros par an.

– d'investir dans les filières d'avenir à hauteur de 80 milliards d'euros par an.

La mise en œuvre de tout ou partie des autres mesures de la liste permettrait sans doute de doubler ces chiffres et d'apporter aux Français une augmentation de leur pouvoir d'achat d'au moins 30 % en moins de dix ans, tout en redressant les comptes de la nation et en investissant pour l'avenir.

Chapitre 4

Gagner plus : d'autres l'ont fait, nous pouvons le faire !

Depuis 1970, d'autres pays industrialisés ont su se réorganiser pour améliorer leur compétitivité. Ils ont réformé leurs finances publiques et l'organisation de leurs services publics avec succès. Comment ont-ils fait ? Allons voir à l'étranger.

Comment réduire le poids de la sphère publique de 57 % à 42 % du PIB : les réformes audacieuses du Canada

Dans les années 1990, la situation financière du Canada est critique. Les dépenses publiques ne sont plus maîtrisées. La dette publique atteint 70 % du PIB (nous sommes aujourd'hui en France à 115 %…) ; le déficit budgétaire chronique est à

6 % du PIB (nous y sommes aussi…). Les agences de notation abaissent la note de crédit du Canada, augmentant le coût de sa dette. Ce signal d'alarme contraint le gouvernement à agir rapidement pour éviter une crise économique majeure.

Sous la conduite de Jean Chrétien, Premier ministre, et de son ministre des Finances, Paul Martin, le Canada lance un programme de réformes audacieuses pour assainir ses finances publiques. Avant d'engager celles-ci, Chrétien et Martin ont consacré une année entière à parcourir le pays pour sensibiliser les Canadiens à la nécessité de ces changements. Leur principal argument était simple et percutant : « On ne peut pas dépenser plus que ce que l'on gagne. » Ils insistent sur la nouveauté de la compétitivité dans un monde globalisé, expliquant que l'État doit se concentrer sur ses priorités régaliennes et réduire ses effectifs et dépenses inutiles.

Contrairement aux habituels « coups de rabot », qui consistent à réduire légèrement toutes les dépenses sans remettre en question le fonctionnement global, Chrétien a opté pour une restructuration en profondeur : suppression ou réduction drastique de ministères. Les ministères de l'Industrie et de l'Agriculture sont réduits des deux tiers, leurs fonctions étant en grande partie transférées au secteur privé. Les secteurs des transports, de la poste et des télécommunications sont privatisés, rationalisant les services tout en libérant des ressources pour d'autres priorités. En cinq ans, le nombre de fonctionnaires est réduit de 15 %, permettant une diminution significative des dépenses publiques.

Chrétien encourage également le retour à une gestion partielle des services sociaux par le secteur bénévole. Des activités comme la santé, l'éducation, l'art et le sport sont partiellement transférées à des associations caritatives, bénéficiant d'incitations fiscales pour leurs financements. Cette approche permet de maintenir des services de qualité tout en allégeant la charge de l'État.

Ces réformes ont rapidement porté leurs fruits : la sphère publique est passée de 57 % à 42 % du PIB en huit ans. La dette publique, qui s'envolait, a été maîtrisée et est revenue à des niveaux soutenables. Quant à l'économie canadienne, elle a retrouvé une croissance forte ; elle n'a pas été affectée par ces réformes. Les courbes de croissance montrent même une accélération, preuve que la compétitivité globale a été renforcée.

Jean Chrétien résumait ainsi sa vision : « La sveltesse du gouvernement n'est pas un but mais un moyen. L'État doit se concentrer sur ce qu'il fait le mieux et laisser aux autres ce qu'ils font mieux que lui. » Il comparait le gouvernement à un voilier moderne, rapide et efficace, par opposition aux lourdeurs d'un vapeur du XIXe siècle. Sa priorité était de créer un secteur public capable de faire davantage avec moins, tout en donnant plus d'autonomie et de responsabilité aux citoyens.

Comment faire face aux difficultés de l'hôpital : la privatisation au bénéfice de tous les citoyens du système de santé en Nouvelle-Zélande.

Les Wallabies ont connu une transformation radicale de leur système de santé dans les années 1990.

À l'époque, la Nouvelle-Zélande faisait face à une crise de liquidités. Le système de santé gratuit, considéré comme un droit acquis, croulait sous les déficits. Des files d'attente interminables, des médecins qui fuyaient le pays, une bureaucratie lourde, et un système de *numerus clausus* inefficace étaient autant de symptômes d'un modèle dépassé. Le Premier ministre, Roger Douglas, diagnostiqua les causes profondes : une gestion centralisée et l'absence de responsabilité individuelle.

Roger Douglas croyait fermement que l'État-providence, en prenant les décisions à la place des citoyens, nuisait à leur développement personnel. « Toute forme d'assistance doit laisser intacte la dignité des gens », disait-il, soulignant l'importance du choix individuel. Il prônait un système où les citoyens seraient responsables de leur santé tout en bénéficiant d'un filet de sécurité pour les plus vulnérables.

La réforme a consisté à privatiser la gestion de la santé en introduisant cinq assurances privées concurrentes. Chaque citoyen devait souscrire à une assurance pour les soins coûteux, tandis que les dépenses courantes restaient à sa charge. Pour les ménages les plus modestes, des aides personnalisées ont été mises en place. En parallèle, les impôts ont été réduits pour compenser l'augmentation des charges personnelles.

Les assureurs ont eu le droit de référencer les médecins et hôpitaux selon leur efficacité. Cette mise en concurrence a conduit à une rationalisation des coûts, une amélioration des soins et une responsabilisation accrue des individus. Des innovations, comme les cotations différenciées pour encourager les comportements sains, ont aussi vu le jour. Le système a favorisé la prévention, réduisant l'impact des habitudes néfastes comme l'alcoolisme ou le tabagisme.

Résultats : en une décennie, la dépense publique a diminué de dix points et la dette nationale est passée de 60 % à 20 % du PIB. La concurrence entre assureurs et hôpitaux a rendu le système plus efficace, tandis que les soins de santé se sont diversifiés. Parallèlement, la population a adopté une approche proactive vis-à-vis de sa santé, encouragée par des politiques de bonus et la promotion de visites médicales régulières.

Comment réformer son modèle social en enrichissant tous les citoyens : le cas de la Suède, ex-championne du monde des impôts et des charges sur les salaires

Dans les années 1970, le niveau des impôts sur le revenu des ménages était extrêmement élevé en Suède, avec des taux qui pouvaient atteindre jusqu'à 85 % pour les tranches hautes. La sphère publique pesait plus de 70 % du PIB.

Au début des années 1990, la Suède plonge dans une crise économique majeure : éclatement d'une bulle immobilière, récession profonde, chômage galopant, passant de zéro dans les années 1960 à plus de 8 %. Avec un déficit budgétaire important et une dette publique croissante, il y avait un besoin urgent de réformer les finances publiques.

Pragmatiques, les Suédois ont initié une série de réformes qui ont transformé leur économie. L'une des premières grandes réformes a concerné la fiscalité, avec une baisse de l'impôt sur les sociétés de 52 % à 22 % en quelques années, encourageant ainsi l'investissement et l'innovation. Sur le plan de la fiscalité personnelle, ils ont voté des réductions d'impôts sur le revenu.

Le taux de chômage a baissé après l'adoption du modèle de « flexicurité ». Celui-ci permet aux salariés de retrouver plus rapidement du travail grâce à un suivi personnel et une relation forte avec les entreprises qui ont des besoins de personnels.

La Suède a aussi libéralisé plusieurs secteurs traditionnellement étatiques, comme les télécommunications et l'énergie, ce qui a stimulé la concurrence et l'innovation. La privatisation partielle et la dérégulation ont été complétées par des réformes dans le système de retraite, passant d'un modèle par répartition à un système mixte incluant la capitalisation, ce qui a non seulement stabilisé les finances publiques mais aussi encouragé l'épargne et l'investissement.

Ces réformes ont permis à la Suède de devenir l'un des pays les plus compétitifs au monde. Entre 1974 et 2024, son PIB par habitant (en parité de pouvoir d'achat) a doublé pour atteindre 55 500 €, dépassant largement celui de la France, estimé à 44 500 € en 2024.

Comment diviser par deux le taux du chômage : l'exemple allemand

Au début des années 2000, l'Allemagne était en crise. Elle est surnommée « le malade de l'Europe ». Chômage à deux chiffres, compétitivité en chute libre, système social à bout de souffle. Et pourtant, en 20 ans, elle s'est redressée. Spectaculairement. Jusqu'en 2023, elle est devenue un modèle économique et industriel, une locomotive tirant avec elle une bonne partie de l'Union européenne. Certes, sa croissance ralentit aujourd'hui, affectée par le contexte géopolitique mondial, mais elle reste un pays fort et peu endetté. Comment les Allemands ont-ils fait ?

Au début des années 2000, le chancelier Schröder, associé à Peter Hartz, lance l'Agenda 2010, un plan ambitieux, cohérent, assumé. Au cœur : les lois Hartz. Objectif : libérer le travail, accompagner efficacement les chômeurs, remettre l'économie en mouvement. Et les résultats ont suivi : un marché de l'emploi dynamique, une industrie conquérante, des finances publiques sous contrôle strict. Le plus inspirant, c'est la méthode : une vision à long terme, une exécution rapide, une alliance avec des partenaires sociaux responsables et un discours de vérité, porté avec courage. Ensemble, patronat, syndicats et responsables politiques ont transformé une économie à l'arrêt en puissance moderne et au plein emploi, et ce malgré les crises. Cette trajectoire doit nous inspirer : les grandes réformes sont possibles et les résultats peuvent venir vite.

À condition de les penser clairement. De les expliquer sans détour. Et de les conduire avec cohérence et courage. Idéalement avec le soutien de syndicats réformistes, centrés sur la défense de l'outil de travail plus que sur des dogmes ou des slogans dépassés.

Comment décentraliser et avoir un État agile : le cas de l'Espagne

Après la mort de Francisco Franco en 1975, dans la Constitution de 1978, l'État central conserve les compétences clés : défense nationale, affaires étrangères, fiscalité, sécurité sociale, et régulation des communications. À côté, 17 communautés autonomes ont été créées, chacune avec son propre gouvernement et parlement. Ces régions ont obtenu une large autonomie dans des domaines tels que l'éducation, la santé, et le transport.

En 1975, peu après la fin du régime franquiste, le PIB par habitant de l'Espagne ne représentait que 50 % celui de la France, traduisant un écart de niveau de vie très marqué. Cinquante ans plus tard, un important mouvement de convergence a eu lieu : le PIB par tête espagnol atteint désormais 75 % celui de la France.

Comment motiver les hauts fonctionnaires pour qu'ils exercent une bonne gestion de l'État ? L'exemple de Singapour

En leur versant des rémunérations variables. C'est ce qui se fait à Singapour. Leur performance est calculée sur des indicateurs nationaux tels que la croissance du revenu médian et des revenus les plus modestes, le taux de chômage et la croissance du PIB réel. Voilà une piste nouvelle et intéressante.

Existe-t-il un État inspirant qui cumulerait tout ou partie de nos réformes ? Le modèle exemplaire de la Suisse

Nous l'avons trouvé, nous avons une frontière commune et il est, en partie, francophone : c'est la Suisse. Une leçon d'efficacité et de prospérité.

Malgré sa petite taille géographique (l'équivalent d'une région française) et démographique (9 millions d'habitants), la Suisse a une économie diversifiée, spécialisée et puissante. Elle a aussi su mettre en place un cadre juridique et fiscal, et développer un état d'esprit favorable à la création de richesse.

L'État fédéral se concentre sur l'essentiel : l'armée, les affaires étrangères et la consolidation financière, tandis que les cantons gèrent des domaines clés comme l'éducation, la police et la justice.

Son système administratif est minimaliste. Avec seulement trois niveaux d'administration (contre cinq en France), ses dépenses publiques ne représentent que 30 % du PIB, bien en deçà des 58 % français.

Par ailleurs, l'État impose des charges sociales et fiscales bien plus légères que la France, réduisant le coût du travail et augmentant le revenu disponible des ménages.

Sa fiscalité repose sur un principe de décentralisation, où les cantons et les communes décident d'une part significative des taux d'imposition. Ce modèle génère une concurrence fiscale interne qui incite les régions à maintenir des taux d'imposition attractifs, stimulant l'activité économique et les investissements. En 2022, 17 des 26 cantons suisses affichaient des excédents budgétaires. Par exemple, celui de Genève a enregistré plus de un milliard de francs suisses d'excédent. Au lieu de restitutions directes, le canton a opté pour des mesures sociales telles que la gratuité des transports pour les moins de 25 ans et des réductions d'impôts pour la classe moyenne.

La santé et les retraites reposent largement sur le secteur privé. Leur gestion plus efficace évite les lourdeurs bureaucratiques. Les assureurs privés concurrents encouragent la prévention et la responsabilisation individuelle, tandis que la retraite par capitalisation assure la pérennité du système.

Il faut ajouter un système éducatif tourné vers l'employabilité de la personne. Le système dual, qui combine apprentissage et études, permet une meilleure insertion professionnelle.

Ajoutons quelques ingrédients connus : des démarches administratives simplifiées qui permettent de créer une entreprise en quelques jours ; un marché de la main-d'œuvre peu réglementé ; des salaires plus élevés que les Français pour le même emploi, mais dont les coûts, paradoxalement, sont moindres.

Le résultat de cette politique pragmatique est que la Confédération helvétique est un pays prospère sur le plan économique et social, avec une situation de plein emploi, le taux de chômage à 2,1 % étant résiduel. En cinquante ans, la Suisse a multiplié son PIB par 11, la France par seulement 5.

Le PIB par habitant est le deuxième plus élevé au monde alors que la France est au 28e rang mondial. Les services représentent environ 74 % du PIB suisse, l'industrie près de 25 % et l'agriculture moins de 1 %.

La Suisse démontre depuis des décennies qu'il est donc possible d'avoir une économie compétitive, prospère, innovante et exportatrice, tout en étant profondément humaine.

Mais un « humain » qui est voulu avant le « social » ; le « social » n'étant qu'un « humain administré », avec toutes les dérives que l'on peut constater en France. Trop de social tue le social, comme trop d'impôts tuent l'impôt !

Alors, pourquoi pas nous ?

Si nous ne sommes pas la Suisse, nous avons de nombreux points en commun, comme le niveau de développement économique, des qualités individuelles (créativité, goût pour la liberté) et collectives (sensibilité à l'intérêt général, mœurs) et l'envie de voir les générations futures vivre au minimum comme nous, si ce n'est mieux.

Nous devons déconstruire le mythe selon lequel « la France n'est pas la Suisse ». Les différences historiques, culturelles et économiques ne doivent pas masquer les leçons que la France peut tirer du modèle suisse, notamment en matière de compétitivité, de gestion publique et de flexibilité économique.

La Suisse a construit son succès économique sur des valeurs universelles : la responsabilité individuelle, la gestion rigoureuse des finances publiques et une approche pragmatique des réformes. Ces principes, appliqués avec discipline, ont permis au pays de devenir l'un des plus compétitifs au monde. Rien n'empêche la France d'adopter ces mêmes vertus en adaptant les mécanismes à ses spécificités.

Affirmer que la France ne peut pas prendre exemple sur la Suisse revient à rejeter le pragmatisme et l'innovation. C'est avoir une attitude très conservatrice. Ce n'est pas le modèle suisse lui-même qu'il s'agit de copier à l'identique, mais les principes qui le sous-tendent : responsabilité, efficience, décentralisation, flexibilité et adaptabilité. En appliquant ces principes, la France pourrait non seulement relancer sa compétitivité, mais aussi redonner aux Français confiance en leur avenir. La réforme n'est pas une question de faisabilité, mais de volonté. À la France de forger et produire cette volonté.

La France a déjà su se redresser. Elle l'a fait en 1959

De Gaulle, 1959. En butte à une crise économique majeure, le général de Gaulle, tout juste revenu au pouvoir, décide d'engager une série de réformes audacieuses pour redresser la situation économique de la France. Avec l'aide de Jacques Rueff, un éminent économiste, il met en œuvre un plan rigoureux qui, en dépit de sa dureté initiale, produira des résultats spectaculaires en peu de temps.

La France est alors aux prises avec une situation économique difficile : une inflation galopante, dépassant 15 %, érode le pouvoir d'achat ; la monnaie affaiblie, le franc voit sa valeur sur les marchés internationaux glisser ; les déficits publics sont importants, alimentés par des dépenses incontrôlées ; la perte de confiance des investisseurs, tant français qu'étrangers, dans l'économie nationale est flagrante.

Face à cette impasse, de Gaulle et Rueff mettent en place un plan de réformes rigoureuses et pragmatiques. Il mêle discipline budgétaire, stabilisation monétaire et réorganisation économique : le franc est dévalué de 17,5 % en décembre 1958. Cette mesure, bien que douloureuse, permet de rendre les exportations françaises plus compétitives sur les marchés internationaux, stimulant ainsi l'activité économique.

Pour briser la spirale inflationniste, les salaires sont temporairement gelés. Cette décision vise à restaurer la compétitivité des entreprises françaises en maîtrisant les coûts de production.

De nombreuses subventions sont supprimées ou réduites et le déficit est jugulé.

Pour stabiliser la monnaie et renforcer la confiance du public, de Gaulle introduit le nouveau franc, équivalent à 100 anciens francs.

Enfin, le gouvernement baisse les barrières douanières et favorise l'ouverture de l'économie à la concurrence. Bien que contre-intuitive, cette mesure dope la production et la consommation.

En moins de deux ans, les réformes produisent des effets spectaculaires qui redonnent à la France une stabilité économique et une crédibilité internationale :

– Le taux d'inflation chute drastiquement, passant de plus de 15 % à 4 % ;
– Grâce à la dévaluation, les exportations françaises bondissent, renforçant la balance commerciale et stimulant la croissance ;
– Le franc retrouve sa stabilité, et les investisseurs, rassurés par les réformes, recommencent à injecter des capitaux dans l'économie française.

Quand on veut, on peut !

Dès 1960, le PIB français connaît une croissance significative, marquant le début d'une période de prospérité.

L'action du général de Gaulle en 1959 est une leçon de courage politique. Face à des choix impopulaires, il n'a pas hésité à mettre en œuvre des réformes difficiles mais nécessaires, assumant pleinement leurs conséquences à court terme pour garantir un avenir meilleur.

Comment articuler ces mesures dans le temps ?

1. Même si nous le voulions, il est impossible que toutes ces mesures soient décidées le même jour. La plupart demandent des lois, toutes réclament des décrets d'application, certaines nécessitent même une révision constitutionnelle. Il faudra donc du temps pour que ces mesures soient décidées. Du temps, du savoir-faire et beaucoup d'énergie parce que les résistances seront fortes.

2. Viendra ensuite le temps de la mise en œuvre. Pour certaines mesures, comme le changement de la durée hebdomadaire du travail, il faudra des négociations au niveau des branches puis au niveau des entreprises. Pour d'autres, comme la cession du patrimoine immobilier de l'État, il faudra plusieurs années de mise en œuvre.

3. L'effort de pédagogie sera essentiel. Avant et pendant, les responsables politiques français devront expliquer, expliquer encore, expliquer toujours, afin de convaincre et embarquer les Français et les Françaises. Ces mesures ne sont ni techniques ni secondaires. Elles ont vocation à construire un nouveau modèle de développement économique et social. Sans adhésion des citoyens, cette révolution ne se fera pas.

4. Puisque tout cela prendra du temps pour convaincre, décider et mettre en œuvre, il faut commencer le plus tôt possible. Un changement d'une telle ampleur devrait être idéalement porté par l'élan d'une élection présidentielle, ce qui le repousserait à 2027. Est-il raisonnable d'attendre deux ans et de laisser la France s'enfoncer un peu plus ? Certainement pas… Nous exprimons ici l'espoir que nous parviendrons à convaincre un grand nombre de responsables politiques, de droite, du centre et de la gauche, et qu'ils se mobiliseront pour que de premières mesures puissent être prises sans attendre.

5. Il faudra mettre en œuvre le plus grand nombre possible de mesures contenues dans cet ouvrage. Nous n'aurons pas le culot de prétendre, comme

d'autres avant nous, que la non-application d'une seule de nos mesures signera l'échec de tout notre plan. Mais il est vrai que ces mesures ont à la fois une cohérence et une force commune.

Une cohérence parce que, par exemple, les aides aux entreprises ne peuvent pas être baissées si les charges qu'elles paient ne diminuent pas simultanément. Une cohérence encore parce que les réductions des prélèvements obligatoires payés par les Français et les Françaises ne doivent pas attendre la diminution des prestations dont ils bénéficient.

Une force commune ? Ensemble, ces mesures doivent et peuvent créer une vague de confiance, d'énergie positive, d'ardeur au travail, de mobilisation entrepreneuriale, un souffle puissant qui changera la France et entraînera nos concitoyens. Plus sera élevé le nombre de mesures décidées et appliquées, plus grand sera l'impact sur la croissance de l'économie nationale, sur le pouvoir d'achat, sur le redressement des finances publiques et sur la conduite des priorités de notre pays.

6. Il ne faut pas sous-estimer l'importance de l'effet d'amorçage. De quoi s'agit-il ? Si les Français et les Françaises ne voient pas rapidement sur leur feuille de paie les premiers effets positifs de la nouvelle politique économique et sociale, ils

n'y croiront pas, perdront la confiance qui aura été bâtie et retomberont dans le pessimisme et le fatalisme qui irriguent trop souvent. Il faudra donc que le Président élu en 2027 et son gouvernement décident, sans tarder, de premières mesures dont l'impact sera vite visible et palpable.

Gagnez plus, c'est possible !

Que se passe-t-il dans notre beau pays ? Pourquoi nos parlementaires rivalisent-ils de propositions irréalistes, comme si la France disposait d'un trésor dans lequel il suffirait de puiser ? Pourquoi les responsables politiques ne parlent-ils pas aux Français un langage de vérité ? Pourquoi parlent-ils aux Français comme à des enfants auxquels il faudrait raconter des belles histoires, pour qu'ils s'endorment et fassent de beaux rêves ? Les Français sentent bien que les politiques ne leur disent pas la vérité. Pierre Mendès France, le général de Gaulle, Georges Pompidou, Raymond Barre, Jacques Delors, Pierre Bérégovoy n'hésitaient pas à dire aux Français les choses telles qu'elles sont et non pas telles qu'un rêveur voudrait qu'elles soient.

Puisque les politiques ne le font pas, nous avons voulu tenir un discours de vérité.

Jean Jaurès disait : « Connaître le réel et aller à l'idéal. » Oui, prenons cette route.

Gagner plus, oui c'est possible !

Quand nous parlons avec nos équipes sur le terrain, avec des ouvriers, des chauffeurs de taxi, des aides-soignantes, des artisans ou des jeunes en apprentissage… tous nous disent la même chose : ils aiment leur travail, ils s'y donnent à fond, mais ils n'en tirent pas une rémunération juste.

Trop souvent, le travail ne paie plus assez. Trop souvent, la vie est trop chère ; les fins de mois sont difficiles, et l'avenir inquiète. Ils nous demandent parfois : « Vous pensez qu'on va s'en sortir ? »

Ce livre est une réponse. Une réponse claire, concrète, humaine : oui, on peut s'en sortir. Et même mieux : on peut gagner plus.

Ce livre est une déclaration de confiance :

Confiance en notre pays.

Confiance en nos compatriotes.

Confiance dans l'entreprise, qui est peut-être la seule communauté humaine capable de créer durablement de la richesse, des emplois, de l'intégration, de la formation et de la fierté.

Nous ne sommes pas des politiques.

Nous ne sommes ni de gauche, ni de droite.

Nous sommes des entrepreneurs expérimentés de terrain, qui avons vu ce qui marche, ce qui motive, ce qui tire les gens vers le haut, et ce dans le monde entier.

Ce livre ne propose pas des rêves, mais 30 mesures réalistes, organisées autour de 4 grandes idées simples :

1. Gagner plus en travaillant plus, en étant encouragé à l'effort.
2. Gagner plus en allégeant le poids des charges, qui écrasent salaires et entreprises.
3. Gagner plus par la croissance, l'innovation, la compétitivité.
4. Gagner plus en recentrant la dépense publique et en baissant les impôts.

Trois promesses fortes

Ces mesures ne sont pas des finasseries technocratiques. Elles ont un but clair : apporter à chacun de nos compatriotes trois choses fondamentales :

Du cash, rapidement, via un salaire net plus élevé, moins ponctionné par un modèle social devenu obèse et injuste.

De l'espoir, pour croire de nouveau que demain peut être meilleur qu'hier, que leurs enfants auront des perspectives, que l'ascenseur social peut redémarrer.

De la fierté d'être français, de construire quelque chose ensemble, de relever la tête. Cette fierté qu'on cultive dans nos entreprises, dans nos équipes. Pourquoi pas dans notre pays ?

Ces mesures permettront de donner un sens et de mettre en œuvre les réformes de fond dont notre pays a tant besoin.

La liberté au cœur du projet

Derrière toutes ces propositions, il y a une conviction : la liberté est la clé.

La liberté de travailler.

La liberté de choisir son métier, son rythme, son statut.

La liberté d'entreprendre.

La liberté de se responsabiliser plutôt que d'être assisté.

Car la liberté, c'est la dignité, et c'est aussi le moteur du progrès.

Et c'est à l'État d'être le garant des libertés et de l'initiative individuelle. Car c'est quand on laisse celle-ci s'épanouir que tout le monde se porte beaucoup mieux !

Néanmoins, nous pensons que, si l'État a un rôle capital à jouer dans la mise en place des conditions pour créer de la croissance et de la richesse, il doit aussi faire un petit examen de conscience et un effort de réorganisation analogue à celui que font quotidiennement les entreprises constamment aux prises avec à la concurrence.

Et l'Europe ?

L'Europe n'est pas absente de nos pensées, même si elle ne figure pas au centre de ce livre. Car une France forte, réformée, prospère, influencera l'Europe positivement. Et non l'inverse. Les réformes que nous proposons sont d'abord au service des Français. Et, par ricochet, au service de l'Europe.

En résumé :

Oui, gagner plus, c'est possible.
Oui, redonner de l'espoir, c'est possible.
Oui, redonner de la fierté, c'est possible.
Ce ne sera pas facile. Mais c'est vital.
Et d'autres pays l'ont fait, avec des résultats spectaculaires.
Alors pourquoi pas nous ?

Présentation des quatre patrons rédacteurs

Pierre Gattaz :

« Depuis plus de trente ans, je dirige Radiall[1]. J'ai connu trois grandes crises économiques : la première à mon arrivée dans le groupe en 1992. C'était la fin

1. Radiall est une entreprise française fondée en 1952, spécialisée dans la conception et la fabrication de composants d'interconnexion haute fiabilité (connecteurs RF, optiques, micro-ondes, multipoints) pour des secteurs exigeants tels que l'aéronautique, le spatial, la défense, les télécommunications, le médical et l'industrie. Basée à Aubervilliers, elle compte plus de 3 500 collaborateurs dans le monde, dont environ la moitié en France, répartis sur plusieurs sites industriels, notamment à Voreppe, Château-Renault, Saint-Quentin-Fallavier, Voiron et Dole dans le Jura. En 2024, Radiall a réalisé un chiffre d'affaires de 433 millions d'euros dont 90 % hors de France.

de la guerre froide et le mur de Berlin était tombé depuis trois ans. Radiall, dont une grande majorité du chiffre d'affaires à l'époque était générée dans le secteur de la défense, voyait ses ventes et sa rentabilité plonger. J'ai donc commencé mes premiers mois chez Radiall en organisant un plan social ; le premier depuis la création de la société. C'était ça ou mettre la clé sous la porte. L'eau de la piscine dans laquelle j'ai plongé était glaciale. J'avais 33 ans.

Il a fallu impérativement trouver d'autres voies de diversification hors marché militaire, ce que nous avons fait avec le marché de la radiotéléphonie cellulaire en explosion à l'époque avec les fameux réseaux GSM. Et 8 ans de croissance ininterrompue de 1993 à 2001. Puis, patatras ! deuxième crise majeure à gérer : l'explosion de la bulle Internet en 2001. Soudaine, brutale, imprévisible ! Radiall subit une baisse de 20 % de son chiffre d'affaires en 2001, puis encore en 2002. Nous mettons 18 mois à nous restructurer, en raison des procédures administratives, face au cataclysme de ce marché, contre un mois pour les Américains, 3 mois pour les Anglais, 6 mois pour les Allemands.

Je sors de ce plan en loque, avec l'idée qu'embaucher en France devient une erreur de gestion, vu la lourdeur administrative et le coût d'un plan social. Dans un marché qui s'est mondialisé, où les tempêtes seront récurrentes et où s'adapter à grande vitesse, vers le bas ou vers le haut, est une nécessité vitale, la législation française est un frein.

Néanmoins, mon coup de blues ne dure pas ; je me reprends et décide de me battre. Je lance un grand plan de Qualité totale au sein de Radiall, et opère une nouvelle diversification dans le secteur de l'aéronautique. En 2004, après d'intenses efforts, nous décrochons le titre de « Meilleur fournisseur de Boeing ». 2020, la crise du Covid fait plonger le secteur aéronautique de 50 % pendant 2 ans, avant qu'il se redresse en 2023 et reparte sur un cycle de croissance forte.

Quelles leçons tirer de cette expérience et quelle transposition peut-on faire pour la gestion d'un pays ? La croissance infinie n'existe pas, il y a toujours des crises à gérer ; la qualité du capitaine et de son équipe est essentielle pour affronter les crises ; chaque crise exige de baisser le niveau de dépenses pour s'adapter vite à la situation et repartir rapidement – ce que ne fait pas l'État français depuis 40 ans, préférant la facilité coupable de la dette, plutôt que le courage vertueux de faire des économies.

Enfin, j'ai une conviction : l'État n'est pas une entreprise, bien sûr, car, si l'entreprise est mortelle, l'État ne l'est pas. Mais on peut s'inspirer des méthodes de gestion et de pilotage de l'entreprise pour gérer un État : stratégie de croissance, gestion du cash et gestion des hommes. Avec un cocktail gagnant qu'on retrouve souvent chez les meilleurs entrepreneurs et dirigeants, mais peu chez les politiques : audace, courage, bon sens, lucidité et de l'empathie pour embarquer les troupes. »

Michel de Rosen :

« J'ai commencé ma vie professionnelle au service de l'État, au ministère des Finances, en 1976. Je viens d'une famille d'immigrés. Mes parents m'avaient appris que la France était le plus beau pays du monde. Et que servir l'État était la meilleure manière de servir et remercier la France de nous avoir accueillis. Les circonstances m'ont amené à travailler 6 ans pour l'État et 41 ans dans le monde de l'entreprise, en France et aux États-Unis.

À plusieurs reprises, les entreprises que je dirigeais ou présidais ont affronté des situations tellement difficiles qu'elles paraissaient désespérées. J'en évoque une ici : je dirigeais Viropharma, une entreprise pharmaceutique américaine, spécialisée dans la lutte contre les maladies virales. Notre premier produit-candidat était un traitement des causes et des symptômes du rhume. Il existait déjà beaucoup de médicaments contre les symptômes du rhume mais aucun contre les causes. Après des années d'efforts, les résultats précliniques et cliniques étaient excellents. Nous approchions du moment clé où notre produit serait approuvé et commercialisé. Patatras ! Très peu de temps avant cette échéance essentielle, une nouvelle étude clinique a fait apparaître que celui-ci causait un effet secondaire inattendu et inacceptable. De ce fait, notre produit, le Pleconaril, n'a pas été approuvé, et nous l'avons abandonné. Pour Viropharma, c'était une catastrophe. Notre cours de Bourse s'est effondré. Pour sauver l'entreprise, nous avons réduit les effectifs de 91 %. Pour la relancer, nous avons misé sur d'autres produits, qui se sont révélés de grands succès. Nous avons pu réembaucher la plupart des salariés que nous avions débauchés. Viropharma était sauvée !

Dans ce cas, comme dans les autres retournements que j'ai vécus, il y a cinq points communs : reconnaître la réalité et l'ampleur des problèmes ; dire la vérité aux salariés ; bâtir une équipe de dirigeants soudés et talentueux ; prendre les décisions difficiles ; faire les bons choix pour l'avenir. »

Xavier Fontanet :

« J'ai commencé ma vie professionnelle comme consultant au BCG. Celui-ci m'a formé à la stratégie d'entreprise. J'ai travaillé ensuite dans une PME industrielle, Bénéteau, puis dans une entreprise de services, Eurest, enfin dans un groupe mondialisé, Essilor.

Les quatre entreprises où j'ai travaillé sont passées de suiveur local à clair leader mondial, ce qui a permis chaque fois de très fortes croissances. Bénéteau et Essilor, à capital français et franco-italien, montrent que les Français sont dégourdis et talentueux, ils n'ont rien à craindre de la mondialisation, bien au contraire !

La croissance de ces entreprises est venue de l'excellence qu'elles ont démontrée dans leur métier et des services rendus. La quête du profit n'a jamais été leur moteur. Les résultats sont venus naturellement comme récompense donnée par les clients.

J'ai pu travailler dans tous les continents et ai vu de mes yeux des réformes structurelles qui ont redonné de la croissance aux pays qui en ont bénéficié. J'ai pu à l'inverse constater combien, sur 50 ans, la situation relative s'était dégradée au fil des années en France.

Le point commun à tous les pays qui se sont réformés, c'est d'avoir compris qu'il fallait des finances publiques saines et que le monde était devenu concurrentiel.

Beaucoup de Français pensent que les entrepreneurs veulent qu'il n'y ait plus d'État. C'est une idée fausse : quand vous avez essayé de travailler dans des pays où l'État était absent ou corrompu, vous savez que la valeur d'un État garant des libertés est incommensurable.

Il faut seulement que celui-ci réalise qu'il est lui aussi en concurrence et qu'il doit donc être efficace pour aider les entreprises agissant sur son sol à prospérer. C'est-à-dire s'assurer que le pays reste attractif.

Voilà l'expérience que nous avons voulu partager avec nos compatriotes et la raison d'être du livre que vous avez entre les mains. »

Maxime Aiach :

« Fondateur de Domia Group en 1990, dont les enseignes Acadomia, Shiva, Nos Aimés sont bien connues du grand public, je suis accompagné depuis 1995 par mes deux associés historiques, Philippe Coléon et José Dinis. À nous trois, nous avons développé Domia Group, leader français en éducation et dans les services à la personne. Il réalise un volume d'affaires d'environ 650 millions d'euros, rassemble 1 000 salariés et environ 50 000 intervenants dans ses différentes activités.

Acadomia est l'enseigne historique du groupe et s'est imposée comme la véritable référence éducative française. Plusieurs dizaines de milliers d'élèves suivent chaque année des cours Acadomia à la maison, dans l'un de nos 130 centres ou par visioconférence. Acadomia est aussi devenu le leader des enseignements distanciels. Shiva est la référence et le leader du ménage repassage à domicile. L'enseigne comprend 600 agences sur tout le territoire français. Enfin, Nos Aimés a été lancé en 2021 pour accompagner les personnes âgées à leur domicile. Ce dernier réseau compte aujourd'hui 15 agences.

Le groupe s'est développé sur des exigences de grande qualité de service et s'appuie sur une présence locale la plus fine possible. Ce sont ainsi plus de 250 000 familles qui font confiance à l'une des enseignes de Domia aussi bien dans les métropoles que dans les territoires. L'implication des équipes et un fort esprit entrepreneurial expliquent également ce succès.

Dans des marchés autrefois dominés par le travail dissimulé, nous avons créé des modèles économiques qui offrent une qualité de service élevée aux consommateurs mais aussi des rémunérations au-dessus de la moyenne à nos intervenants. Nous avons construit avec les pouvoirs publics un cadre réglementaire efficient pour toutes les parties (État et entreprises). Lorsque nous parvenons à nous faire respecter et à travailler en bonne intelligence avec les pouvoirs publics nous pouvons faire de grandes choses. Ce n'est pas toujours facile mais c'est possible. »

Institut des solutions

L'Institut des solutions est une plateforme indépendante avec un désir ardent : faire bouger les lignes. Comment ? En proposant des idées audacieuses et concrètes, en les partageant, en promouvant un nouveau souffle économique et social.

Notre mot d'ordre : Ne jamais se résigner !

Ses membres sont issus des secteurs privé et public. Ils ont créé, repris, dirigé des petites, des moyennes et des grandes entreprises. Ils ont une passion, la France ; une obsession, la pérennité de l'État social déstabilisé par la diminution du nombre d'actifs et l'explosion des bénéficiaires, retraités ou nouveaux arrivants sur notre territoire ; une volonté, notre souveraineté qui passe par la réindustrialisation ; une fidélité, l'Europe ; un trait de personnalité commun, ils sont tous engagés dans la cité, mus par le bien commun.

L'Institut des solutions est un outil au service des Français et des Françaises, des entrepreneurs et des élus. Apolitiques, nous votons pour une France prospère et juste. Une France dans laquelle l'État ne se substitue pas aux citoyens. Une France qui offre des opportunités à tous, contrairement à l'immobilisme actuel qui étouffe les initiatives et assigne les populations dans leur milieu d'origine. Une France avec un futur.

Notre démarche s'inscrit dans les valeurs qui ont toujours guidé notre action : la liberté d'entreprendre et de choisir, la responsabilité individuelle et le courage de s'engager – un courage qui fait cruellement défaut à notre classe politique.

Nous voulons contribuer au débat public avec des idées novatrices et réalistes, loin des postures politiciennes stériles. Nous sommes convaincus que c'est en libérant les initiatives et en récompensant le travail que nous construirons une France plus forte, plus riche et plus prospère.

Notre ambition est de tracer un chemin vers une prospérité partagée, où chaque Français pourra bénéficier des fruits de la croissance, au lieu de subir le déclin orchestré par nos élites.

Rejoignez-nous dans cette aventure. Ensemble, nous pouvons faire de la France un modèle de dynamisme économique et de progrès social.

Remerciements

Nous remercions les amis qui nous ont apporté leurs réflexions et leurs conseils. En particulier Yvon Grosso, Jean-Pierre Letartre et Gabriel Sardet. Nous remercions aussi les économistes Denis Ferrand, de l'institut Rexecode, Nicolas Bouzou, du cabinet Asterès, ainsi que leurs équipes, qui nous ont aidés à compléter notre constat et à estimer le coût, la valeur et les conséquences de nos propositions. Et nous n'oublions pas les contributeurs de l'Institut des solutions qui nous ont aussi donné oralement, par écrit ou via notre site Internet, des idées pour ce livre. Enfin, nous remercions Étienne de La Rochère de nous avoir aidés à clarifier nos propos.

Table des matières

Des mêmes auteurs

Pierre Gattaz

Le printemps des magiciens : La révolution industrielle, c'est maintenant, Éditions du Nouveau Monde, coll. Avenirs, 2009.

Les sept piliers de la croissance, Éditions du Nouveau Monde, 2013.

Français, bougeons-nous !, Éditions du Nouveau Monde, 2014.

La France de tous les possibles, Nouveaux débats publics, 2016.

Y Croire !, Débats Publics, 2018.

Le Cœur et le courage, donner sa chance à chaque Français, Débats publics, 2021.

Enthousiasmez-vous, Éditions du Rocher, 2023.

Xavier Fontanet

Si on faisait confiance aux entrepreneurs – L'entreprise française et la mondialisation, Les Belles Lettres, 2010.

Pourquoi pas nous ?, Les Belles Lettres – Fayard, 2014.

Que chacun s'y mette !, Odile Jacob, 2016.

Conquérir le monde avec son équipe – La fabuleuse histoire d'Essilor (1990-2013), Éditions Manitoba – Les Belles Lettres, 2021.

De la stratégie en entreprise – Conversation avec Pierre Pupier, Éditions Manitoba – Les Belles Lettres, collection Entreprises et société, 2024.

Michel de Rosen

Armée-nation, le rendez-vous manqué, en collaboration, Presse Universitaire de France, 1975.

Nationalisations, en collaboration, Flammarion, 1977.

Réduire l'impôt, en collaboration, Economica, 1985.

Le Retour du capital, en collaboration, Economica, 1990.

L'égalité, un fantasme français, Tallandier, 2020.

Fraternité !, Odile Jacob, 2023.

Composition réalisée par Belle Page

Achevé d'imprimer en août 2025
sur Roto-Page par l'Imprimerie Floch à Mayenne
pour le compte des Éditions Fayard
13, rue du Montparnasse 75006 Paris
info-fayard@edition-fayard.fr

PAPIER CERTIFIÉ

Fayard s'engage pour
l'environnement en réduisant
l'empreinte carbone de ses livres.
Celle de cet exemplaire est de :
350g éq. CO_2
Rendez-vous sur
www.fayard-durable.fr

N° d'éditeur : 18.4221.8/01
N° d'imprimeur : 107355
Imprimé en France